U0930892

启真馆 出品

Let There Be Light

不解之缘·伯克利

细数伯克利岁月的荣耀与骄傲　遥望旧金山湾的明媚与从容

程孝民 著

ZHEJIANG UNIVERSITY PRESS
浙江大学出版社

图书在版编目（CIP）数据

不解之缘·伯克利／程孝民著．— 杭州：浙江大学出版社，2012.5
ISBN 978-7-308-09975-2

Ⅰ．①不… Ⅱ．①程… Ⅲ．①散文集－中国－当代
Ⅳ．①I267

中国版本图书馆CIP数据核字(2012)第097677号

本书由远流出版事业股份有限公司授权，限在中国大陆地区发行
浙江省版权局著作权合同登记图字：11-2012-38号

不解之缘·伯克利
程孝民 著

责任编辑 叶 敏
文字编辑 周红聪
装帧设计 Ardos工作室
出版发行 浙江大学出版社
（杭州天目山路148号 邮政编码310007）
（网址：http:// www.zjupress.com）
制　　作 北京百川东汇文化传播有限公司
印　　刷 北京中科印刷有限公司
开　　本 710mm×1000mm 1/16
印　　张 16.5
字　　数 213千
版 印 次 2012年6月第1版 2012年6月第1次印刷
书　　号 ISBN 978-7-308-09975-2
定　　价 49.00元

自　序

一所大学如果大到一定的程度，自然就成了一个奇异的时空隧道。

在这处奇异的时空隧道里，人仿佛永远不会老去。因为无论你何时走进它，你见到的永远是二十岁上下的年轻学生，还有总是四五十岁左右壮年族的教授在当家作主。年华花样的时候进来，不等风华让位就离开，持续的周期变动，造就出一种不变的永恒。于是你离开校园，又重返校园，不管五年、十年或二十年，眼前所见，几乎一模一样。

只要学校够大，大到你不容易撞见过去教过你的教授，你就不必在他们明显的佝偻和皱纹里斟酌岁月的流逝。少了熟悉的人可以对照比较，甚至证实时光带走了青春，你转身离开校园的十年、二十几年光阴也就此一笔勾销，倏乎归零。因为在人群熙来攘往的偌大校园里，不会有人突然叫住你，或是从你身后突然拍你一下，你不必回头张看背后的呼唤者，这一刻，你是一个彻彻底底的陌生人。

因为是陌生人，所以别人“看”不见你，你从这部动画世界里迅速隐退，退出到屏幕之外，像在看一出戏，戏里有你熟悉的一景一木、一屋一瓦，承载着年龄不变的一群人，在知识里追逐，在和学问赛跑。

你像隐形人一样自在地呼吸，又像是飘荡在空气里的精灵，在熟悉的校园里四处游走。你昂首挺胸、步履轻盈，因为肩头不再有让人沉重的书包。在课堂里轻松地翘着二郎腿用一种闲情听讲，因为你无须再交作业。你称心如意地选课，越是听不懂的，越要出席；越是陌生的领域，越要钻研。你优哉游哉，你勇者无惧。因为你清楚明白自己和这所大学之间丝丝缕缕的牵绊，早已不可同日而语——过去是学生，后来成了校友。现在的身份，是学生家长。

儿子在台湾念完了高中，在几个入选的大学名单里，决定到加利福尼亚大学伯克利分校展开他的大学生活，他愿意和我成为校友的明智之举，着实让我高兴了一番。于是带着满心欢喜，在大学开学的八月天，我再度现身伯克利。

第一次跨进伯克利大学校园是在20世纪80年代，20世纪90年代又来了第二次。第三个十年，跨入21世纪，再度走进伯克利，这回不再是学生，而是学生家长的身份，伯克利与我果真结下了不解之缘。这样每个十年都回伯克利一次，来来去去也看了伯克利近二十多个年头。如今这份不解之缘又送了我一张伯克利的入场券，想去追逐知识？想和学问赛跑？都想，但不再修习学位。这回，我想写一本书——一本关于伯克利的书。

离开伯克利已经好一段时光，再要提笔重提“旧识”原本就不容易，何况当初认识的时候，对它的了解也不够深入。这样说来实在有点见外，不过事实就和大多数就读过伯克利的研究生一样，求学期间除了自己的专业领域外，鲜少有时间涉足课业以外的校园生活。这里有交不完的报告，连番轰炸的考试，规定的修习学分，等你忙完这一切，终于可以喘一口气了，离开校园的时候也到了。

于是有人可能在报到时参加过校园导览，此后一头栽进自己的研究领域，除了往返于课室系所和住处外，校园里曾经到过的第三地，大概只有赫斯特希腊剧场——这里是举行毕业典礼、颁发学位证书的地方。认识的朋友里，大多数人都属于这类的“勤学派”。

你很少看见伯克利的学生描写伯克利的文章，因为这里的人实在太忙了。虽然我跨足过两大学院，修习的专业又和环境有关，原比别人有更多户外见习的课程去体认校园、走访伯克利小城，但要说到描绘伯克利的完整图像，还是有好大一片空白。

如今一个解不开的缘分又把我拉回二十郎当岁时初次遇见的伯克利，人生像倒转的影带，重新回到原点。这回该有的道具布景、舞台灯光，还有衬底的配乐，都要张罗齐备。这一次，我要看清山影的迷离，我想感受海的动荡，我要注目亿万光年外的星河，我想和聪明的脑袋交游，我要弄明白伯克利人的奇思异想，我更要在这座百年学术殿堂挖掘知识的宝藏。是的，我是以补修学分的心情重新投入伯克利的怀抱。

朋友听说我在写一本关于伯克利的书，出其不意地问我是“旅游书”吗？我认真思索了一下，回答说：“不，不是旅游书，是一本故事书。”没错，我是以写故事的心情写我过去知道的伯克利，也写我现在重新认识的伯克利。

虽然这不是一本旅游书，但字里行间仍不难找到旅游指南的线索。尤其现代网络信息发达，只要几个关键词，就能为你呈现所有可能的数据。因此文章里出现的专有名词也都标示了英文，希望无限延伸的网络世界，能为有兴趣探知更多情报的朋友攫取更多伯克利的不同面貌。

如果你还年轻，到伯克利求学的机会来日方长。如果你已经过了求学的阶段，那更何妨放下学位的计较，到伯克利体验一段不同的游学人生。在这里，你可以随时进出任何一间课堂，也可以参与任何一场讨论会，不必担心有人质疑你的身份，更不会有人盘查你的来历。这正是伯克利这座自由开放的百年学术殿堂最精彩迷人的地方。

这本书能够顺利完成，当然有特别要感谢的人。

首先要谢谢我姐姐。笔下荒废多年，要重拾写作，一开头总是陌生。是老姐提醒我，她曾经是我的忠实读者，让我回想起过去自己是写过一些好看的东西的。有了伯乐的加持，马儿果然蹄哒蹄哒越跑越顺畅。

再要谢谢儿子。他是我的头号情报员，是我校园内幕消息的深喉咙。有些事情就只有大学生才会知道，外人是不得其门而入的。有了一双年轻的眼睛在帮我张看世界，真是天大的祝福。时常我们同在校园里上课，有回弄了半天才发现原来各自上课的教室就紧邻在隔壁，彼此还大大惊喜了一番。

还要感谢出版总监——家恒。超过十年的旧识，除了最初的因缘际会——接受了当年任职于《天下杂志》的家恒的一场访问，此后因为专业领域不同，几乎从未再联系。谁能料到，因为这本书，再次联结起彼此的缘分。也谢谢主编淑正，因为她的投入，使作品更臻完善。让我借由这本著作，永远牵系起和伯克利的不解之缘。希望这本书能为有兴趣探索伯克利的人，提供一些私人线索。也许你到过伯克利，也知道伯克利，记忆的深锁已经为你开启，其他的就留给你自己慢慢品尝。

目录

1. 生活革命家

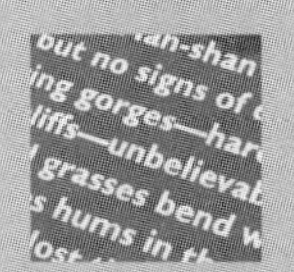

2. 山居岁月篇

3.
滨海乐活篇

4.
小城传奇篇

5.
百年校园篇

1

生活革命家

披萨过街

伯克利北区的夏塔克街（Shattuck Ave）一带，是当地有名的“美食区”（Gourmet Ghetto）。

伯克利最鲜活引人的市街生活，依我看，就在叙达街（Ceder St）和树藤街（Vine St）之间的夏塔克街上。

好几次开车经过夏塔克街，车子一过树藤街口，总见右侧人行道上挤了长长一条排队的人龙。第一次见到，觉得稀奇：“哇，好大的阵仗！”周六节假日的人群，尤其引人注目。此后第二次第三次再见，不禁让人开始好奇：“这里到底怎么回事？”有回正值傍晚时分，人影幢幢的队伍后头飘出一阵阵爵士音乐，咦，是夜店吗？伯克利停车不易，每回路过此间，总是顺着车潮离开。心中的疑惑，一直未获解答。

另一个引人注目的是，就在距离排队人龙不远处的夏塔克街分隔岛上，总不时见到三五人群在两米宽不到的草坪上席地野餐。他们举态自若，陶然自得的模样，挤在车水马龙的热闹大街上，显得既突兀又抢眼。

等弄清楚整桩事件的来龙去脉，才发觉答案像连环图画，彼此情节环环相扣。事情的真相是这样的：原来只要一开张，门口自然有不散的人群在排队的这家商号，是伯克利城里人气鼎盛的“奶酪板披萨店”（Cheeseboard

Pizza Collective)。店里头的座位有限，总是应付不了络绎不绝的来客。尽管隔壁的奶酪板母店情义相挺，让人潮堵在自家门口，又让出门前走道摆放桌椅，依旧无法承纳如潮水般涌入的顾客。于是有人很自然地往分隔岛的青草地上走去。

夏塔克街的分隔岛成了披上绿色桌巾的披萨餐桌，在金光闪动的艳阳天里，或是华灯初上的夜空下，上演着绝无仅有的披萨飨宴的城市奇观。

一连串的疑惑与迭次惊叹，原来都拜披萨之赐。

这家奶酪板披萨店亦属个性独具，每天只卖一种口味的披萨。薄片酥脆的饼皮加了很多的橄榄油，每天变换着不同的风味。顾客可以只买一片，也可以选购半张或一整个披萨。店家也很贴心，只买一片的，总再大方加送半片披萨。让顾客吃完还想再吃的瘾头，得到了一种安慰和纾解。店里头还不

分隔岛上挤满悠闲大啖披萨的人群。

时会有钢琴手、大提琴手和贝斯手的现场演奏，偶尔还有歌手悠悠地哼唱起歌来，让一场披萨飨宴在音乐的悠扬声中，有了最完美无缺的演出。

另外引人注意的是，这店里给的餐巾、装披萨用的纸袋纸盒，全都清一色原料素面，完全不见印有商号的图案或字样，就连招牌标志，也好不容易才在外斜的绿色遮阳篷边檐上，找到毫不显眼的店名。

这店要是挂上一块醒目的招牌广告牌，也许我从一开始的疑惑早已获得解答。仔细观察，这样自隐于市的低调经营风格，仿佛是这美食区的名店所共有的一大特色。

奶酪板披萨店的确是一家经营手法独到的商家。店里没有老板，或者应该说是，店里的12位工作人员，人人都是老板。店里每个成员享有同等的决策权，也享受同样的薪资与福利。这是创办人为了维系最佳的服务质量，一直以来坚持的经营组织理念。

商业管理大师哈默尔（Gary Hamel）在21世纪大力推举“没有老板，没有主管”的创新管理模式。伯克利的这家小店，从20世纪末起就已经在实践了。车子开在美食区的夏塔克街上，如果遇上前面的车子突然静止不动，千万先别着慌，这不过是因为前头正好有人在“漫步”过街。

下回见到慢条斯理或是旁若无“车”优雅横越马路的行人，我总是态度笃定而且心中毫无一丝疑惑地远远就先行减速。路旁的交通标志牌上不是已经写得十分清楚了吗？“行人优先，违者重罚美金104元。”这道行车谕令成功倒转了“马路如虎口”的氛围。所以有人在这儿捧着披萨过街、跨越马路到分隔岛上席地野餐，也就不足为奇了。

这条街上发生的故事，果然都是环环相扣的连环图画。

毕特咖啡老店

毕特咖啡在美国西岸享负盛名，尤其在旧金山湾区一带，比起在台湾享有高知名度的星巴克咖啡（Starbucks Coffee）更广受欢迎。而毕特咖啡的本店——“毕特咖啡与茶”（Peet’s Coffee & Tea）最早的发迹地便在伯克利小城。

位于伯克利树藤街和胡桃街（Walnut St）路口，一栋两层楼高有着典型转角圆形海景窗的建筑，便是毕特咖啡与茶的创始老店。对照早年拍摄的老照片，一景一物仿如昨日，四十余年的岁月流逝，老店仿佛从来不曾老去，在淡淡的粉色墙面加绿色边框的衬托下，反比黑白照片里的旧时景象更加光鲜亮眼。就是从这里开始，毕特（Alfred Peet）开启了他“用咖啡记录人生”的传奇篇章。

毕特 1920 年生于荷兰，一生的经历与咖啡和茶有着不解之缘。毕特的父亲在第二次世界大战前开过一家咖啡烘焙店，毕特从小就跟在父亲身边负责店里打杂的工作。第二次世界大战结束后，他先在伦敦的立普顿茶厂担任学徒，之后更远赴荷兰殖民属地印度尼西亚从事茶业贸易。

1955 年毕特移居美国旧金山，也许此生注定与咖啡结缘，他在咖啡进口商琼森贸易公司谋得了第一份差事。过去长期浸淫在咖啡世界里的毕特，对于当时旧金山商家进口劣质咖啡原料的做法实难苟同，这让他不禁缅怀

起早年他父亲店里，从世界各地精选而来的咖啡豆。毕特下定决心要改变人们对咖啡的品味。

为了实践理想，毕特开始在西岸城市寻觅理想的开店地点，从加拿大的温哥华到美国加州斯坦福大学所在地的帕拉阿图，毕特费尽思量。“旧金山对岸的伯克利也许最适合你的革命事业。”朋友这么建议他，20 世纪 60 年代的伯克利正处于“言论自由运动”（Free Speech Movement）的改革风潮中。就这样，1966 年 4 月，毕特咖啡与茶在伯克利正式开张，毕特的咖啡革命也就此展开。

毕特不惜以高价从产地直接收购上乘咖啡豆，同时坚持以人工限量烘培方式淬炼出咖啡豆里最芬芳浓郁的精华。毕特以手工重烘焙创造出来的特殊咖啡风味，着实让顾客眼界大开，胡桃街和树藤街的转角处，很快便成

露天咖啡座上的毕特痞，成了老店最醒目的招牌。

了伯克利大学师生聚集的地点。紧接着，当地的士绅名流、作家、艺术家乃至市井小民，也都纷纷投入赏味的行列。

三年不到的时间，毕特成功打响了知名度，随着毕特咖啡与茶的人潮聚集，也吸引其他美食艺术家向其周边靠拢，北伯克利“美食区”的称号，很快就此奠立了基础。

随着毕特咖啡与茶的广受欢迎，毕特从1971年起开始在加州一带设立分店。为了进一步深化他对咖啡革命的期望与使命感，毕特也积极引导和协助咖啡产业界的精英。现今拥有咖啡帝国称号的星巴克，创办人之一的席格（Zev Siegl）就曾经在毕特的店里见习打工。后来几乎现身世界各个重要城市街头转角的星巴克商标，也隐隐透露着毕特咖啡与茶伯克利老店的绿色标章身影。事实上，星巴克在草创初期，毕特还供应了他们好几年的咖啡豆。

毕特成功地开发了伯克利居民品尝咖啡的味蕾，一早开门总招来一群每天必到的忠实顾客。他们不仅自称“毕特痞”（Peetniks），甚至将这字样印在T恤上，就像是可以随时向人展示的毕特咖啡拥护者的保证书一样。一旦成了毕特痞，不免都将其他品牌的咖啡视如无物，所以如果听说毕特痞对于后来大肆扩张的星巴克誓言杯葛到底，可就一点也不奇怪了。

四十余年的岁月过去了，尽管伯克利几条热闹街道的转角处都可见到毕特咖啡与茶的身影，但位在树藤街的原始老店，依旧安静地躲在距离热闹的夏塔克街不远的角落里。也许是毕特咖啡与茶早已成了当地居民生活里的一部分，店前的招牌出奇地不醒目，但是又有何妨，露天咖啡座上永远不散的毕特痞，不是已经帮陌生的访客作了最佳指引吗？

这里没有老态龙钟的岁月刻痕，有的只是一种闲淡雅适的生活情趣，如果真要找寻一点历史的气息，也许立在墙面高架上的古董咖啡豆磅秤，是聊以供人缅怀过往的一些线索吧。

下回经过热闹的夏塔克街，别忘了在树藤街拐个弯，到伯克利小城引动20世纪60年代咖啡革命的发祥地，喝上一杯咖啡或茶。

艾丽斯的饮食花园

一开始，以为这里是座教堂。

北伯克利区热闹的夏塔克街上，连串的商街店面来到这栋花园洋楼前戛然而止。一株树干环抱的杉木擎天而立，旁边紧挨着的槭树，茂叶森森，倚门低垂。紫藤花束像葡萄串一样，卷着绿叶和须蔓，攀着镂空围篱一路缠绵。木框铸铁围墙上镶着一方布告栏，附近不见进出的人影。

这样的布局，多半是红尘滚滚中一处灵魂的庇荫所吧。恬静，祥和，庭院深深。周遭越是车水马龙，越显出它的独立与幽深。布告栏上会说些什么，想必是理解的，自然不必贴近探看。

后来和朋友一同路过，朋友说："小城里算得上世界排名的，一个是伯克利大学，另一个就属这家餐厅。"他说着顺势往槭树枝叶掩映的弧形木门一指，轻浅镌刻在木框门上的，正是排成一弯浅弧的"Chez: Panisse"（帕尼司家）几个大字。美食区如雷贯耳的美食王牌帕尼司家，以这样大隐于市的姿态现身，果然出人意料之外。怪只怪"Chez Panisse"几个大字，妆画得不够浓艳，陪衬的槭树却太浓稠。尽管布告栏里每天更换着今日菜单，但少了大摆长龙的人气识别指标，在第一时间不识"泰山"，也是情有可原。

原来帕尼司家实行的是预约制度，用餐的客人老早已经排定日程，餐厅门口自然不见人潮涌现的盛况。加上餐厅创办人艾丽斯·沃特斯（Alice Waters）女士一向坚持只用当地、当令、当日最新鲜的食材入菜，因此有了一方布告栏，专为宣告日日跟着新鲜食材变换的菜单内容和花样。

这位被誉为“加州料理”（California Cuisine）饮食鼻祖的沃特斯女士，不仅掀起了一场饮食的“美味”革命，更将“有机”、“永续”、“慢食”等概念，一并收拢为自己的“饮食主张”。三十多年来孜孜矻矻，既追求味蕾革命，努力满足人们的口腹之欲，也关心脑袋和心灵的改革。帕尼司家在艾丽斯努力浇灌的饮食花园里，开成一朵娇艳的奇葩。

帕尼司家如同它的法文名字，最早是由法国菜起步，这当然也和它的创办人沃特斯女士的“法国经验”有着密不可分的关联。艾丽斯·沃特斯，伯

帕尼司家以“大隐于市”的姿态，现身热闹街头。

克利大学法文系20世纪60年代毕业生。早年在法国南部的美食之旅——刚从地里采摘来的香料、蔬菜，加了新鲜橄榄油调理而成的菜肴——让她为之惊艳。之后在法国西北边的布列塔尼（Brittany）吃到的现捕海鲜，以及刚从园里采来的新鲜木莓，更成为她一生铭记的佳肴。

历经法国美食的洗礼和启迪，芳龄27的艾丽斯同友人阿拉图（Paul Aratow）靠着一本法国菜食谱和几个地道的法国服务生，1971年在伯克利小城开起了法国餐馆。从店一开张，艾丽斯便坚持要用刚从田里采摘来的蔬果，刚从海里捕捞上来的鱼鲜为客人上菜。

沃特斯女士从法国菜入手，随着对加州本地食材的熟稔，以及烹调手法的驾轻就熟，在一贯坚持使用最新鲜、最好的食材的前提下，逐渐发展出了“加州料理”的风格。

为了烹调出美味的料理，沃特斯女士也坚信：唯有以有机方式培育生长和收成的蔬果鱼肉，才能保有食物原有的美味。长久以来，她一直是“农夫市场”及“永续农业”最积极的捍卫者。为了找来最新鲜、最好的食材，帕尼司家和当地六十多处有机农牧场，织结出了紧密依存的供需网络。

为了新鲜上菜，帕尼司家一楼餐厅自1971年开张起，便采取每日单一固定价格的菜单。菜单内容则依据当日从地里和海里所能取得的最当令、最鲜美的食材来作变化。如此一来，顾客可以享受当下最新鲜的美食，而厨房也在调理美味上有了最大的弹性空间。

帕尼司家除了一楼走高价美食路线的餐厅外，从1980年起，又在楼上增开了价位较为平易近人的Café。不同于楼下只供应晚餐、只采单一固定价格菜单的做法，楼上Café的菜单提供较多的选择，而且午餐晚餐皆备，轻松愉悦的用餐气氛，其实更符合女主人期盼与友朋分享美食的初衷。

楼上的Café比起楼下的用餐空间更为宽敞，尤其特别的是，布置其间的开放式厨房，有烧柴的火炉，有燃煤的烧烤架，从食物烹饪、调理到上菜，过程原原本本地呈现在顾客面前。在女主人的饮食哲学里，这是对厨

厨房里忙着以当天最新鲜的食材入菜。

房展现应有的尊重，也是营造轻松自在的用餐氛围不可少的仪式。

光是把厨房和用餐环境联结一气还不够，沃特斯女士更进一步将关怀的触角伸向学校的饮食教育。1996 年，庆祝帕尼司家开业 25 周年成立的帕尼司家基金会，不仅将有机饮食花园带入校园，让学生亲身体验食物栽植、烹调和分享的过程，也积极协助伯克利公立中小学进行有机午餐的推广。如今伯克利小城有 16 所学校受惠于校园饮食革命的成果。接下来，沃特斯女士要将这份甜蜜的果实推向全美各地。

2009 年 3 月，立春的第一天，美国第一夫人米歇尔·奥巴马带领了 26 位小学生，在白宫草坪辟垦了一处有机饮食花园，栽植了菠菜、花椰菜、甘蓝、莴苣，各种香料，还有蓝莓、黑莓和木莓。往后第一家庭、白宫的

工作人员和访客，都可享用到这里新鲜收成的蔬果。

白宫的这项创举，也让沃特斯女士上了 CNN 的新闻媒体。这位美食界的奇女子在对白宫进行了长达十余年的游说工作之后，这一刻，期望中的饮食花园终于“登堂入室”，生机盎然地绽放在白宫的青青草地上。

一开始，艾丽斯的花园便以不凡的姿态，展露自己的与众不同。紫藤缠绵的窗棂开得很高，高得望得见海。女主人追求味蕾的幸福、喂养人的灵魂，也关切地球的福祉。想要登堂入室一窥艾丽斯的美食殿堂，记得在庭院深深的绿荫浓密处寻找入口。

谁是帕尼司？

帕尼司家二楼墙上挂了几幅老电影海报，其中一幅下头写着斗大的César（恺撒），另一幅在楼梯间的主角是Fanny（芬妮），如果你知道帕尼司家店名的由来，也许会对这些20世纪30年代的电影人物多看几眼。

原来沃特斯女士和当年的创业伙伴，共同选用了法国导演巴纽（Marcel Pagnol）创作的电影三部曲“马里厄斯、芬妮和恺撒”里头的剧中人物——帕尼司来作为店名。

从现代的眼光来看，这出电影的故事情节难免有点过时又老套，不过也许是电影里那样有点个性、带点喜剧特色又不乏轻松的情调，紧紧攫获了几个白手起家一心想建立新事业的年轻人的心，于是帕尼司摇身一变，成了1971年伯克利小城开张的一家邻里小餐馆的名号——Chez Panisse。开头的Chez，是英文的At，说成中文就是“在”。

电影情节从首部曲《马里厄斯》（*Marius*）揭开序幕。年轻的马里厄斯一心向往航海生活，但老爸恺撒却希望他留在自家经营的水岸酒吧里工作，并把相恋多年的芬妮娶进门，从此过安家立业的生活。只是满腔豪情壮志的马里厄斯不想因为走入家庭，从此埋葬海上航行的美梦。首部曲就在马里厄斯决意暂别爱人，加入一艘预计出航五年的船只画上句点。

剧情转进二部曲《芬妮》(*Fanny*)。怀有马里厄斯骨肉的芬妮下嫁给仁慈、富裕但已稍有年纪的帕尼司。帕尼司对芬妮所生的孩子视如己出，而孩子的亲祖父——恺撒，却成了自己孙子的教父。马里厄斯在多年后返乡，终于体悟到当年自己一走了之所铸下的大错，二部曲就在马里厄斯的懊悔中走入尾声。

不用多说，三部曲《恺撒》(*César*) 的结尾，当然是相爱的恋人终于团圆，从此过着幸福快乐的日子。

帕尼司家的人对这部老电影真是情有独钟，除了帕尼司之外，后来店里员工独立创业开在帕尼司家隔邻的一家新餐馆就叫恺撒。沃特斯女士自己的独生女也取名芬妮，后来她在圣帕罗街 (San Pablo Ave) 开设的另一家餐厅，也叫芬妮咖啡馆 (Café　Fanny)。

你不得不相信，帕尼司家上上下下，果然是“马里厄斯、芬妮和恺撒”三部曲的头号粉丝。

鲜花和牡蛎

露丝街（Rose St）每逢周四下午三点至七点间，把两头的交会道路——夏塔克街和胡桃街——用路障一挡，撑起三十来把白色帐篷式阳伞，让来自邻近地区的农户张罗布置好自家的摊位，便忙碌地做起生意来，热热闹闹展开每周一次的农夫市集。

十米不到的街道，让长着青草和马栗树的分隔岛一分为二，撑着白色帐顶的摊位就沿着街道两头迤逦开来。一边卖新鲜蔬果，一边卖肉类食品，间杂着也有糕点面包和鲜花菜苗的摊位。一位专门替人磨刀的老先生，偶尔也会客串出现在市集，只是他下回什么时候现身，没人说得准。自由来去的农夫市场，每周开张，都充满着令人期待的惊喜。

不过标榜贩卖百分之百的有机食物，才是这处农夫市场远近驰名的最大特点。除了有机蔬果外，这里的新鲜肉类及腌肉、香肠等肉类食品，全都保证有机饲养。凡事讲究健康自然，一切以浑然天成为尚，所以一盒十二颗装的鸡蛋，有五六种以上不同的蛋壳颜色，一点也不稀奇。

除了牛羊肉类外，市集里还有个专门贩卖海产牡蛎的摊位。老板是一对兄弟，每回时间还没到，总见他们的牡蛎摊已早早准备就绪，等着顾客上门。对他们来说，这儿如果改称渔夫市场，恐怕再好不过。

靠近夏塔克街北侧的帐篷底下，有个固定贩卖墨西哥素食餐饮的商家。有了美味的食物，农夫市场的空气便起了迷人的变化。人群里除了买卖生活所需的大人，平常和市场可能毫不相干的孩童，也在家人的陪伴下，成了食物摊前最活泼快乐的顾客。

分隔岛上的青草地上，有人三三两两席地野餐。逛久了走累的人，或推着婴儿车，或抱着满怀的新鲜蔬果，都来到草地上歇息。小朋友绕着开满红花的马栗树追逐嬉闹，很快就把这里变成了他们的游戏场。有人追着蹒跚学步的小孩，有人在给自家小狗恶补公共礼仪需知……在午后炽热闪亮的阳光下，人人脸上堆着欢愉的笑容。

露丝街的农夫市场，以贩卖百分百有机食物远近驰名。

有人声和笑声的地方，自然也吸引来了街头艺术家。不管是狂热奔放的要引人注目，或是旁若无人般自我陶醉，他们的歌声与乐声，更让周遭渲染出嘉年华的欢乐气息。

除了露丝街外，伯克利小城还有其他两处农夫市场。德比街（Derby St）和米尔维亚街（Milvia St）附近的农夫市场，规模较小，每周固定在星期二赶集。规模最大的农夫市场，每周六在靠近中庸路（Center St）的金博士纪念公园（Martin Luther King Jr. Memorial Park）开锣。

这三处农夫市场都是由非营利组织——“生态中心”（Ecology Center）一手创办经营，除了强调不施洒农药及本地有机生产外，基因改造的食物

居民自备环保袋、菜篮，选购日常食物。

在此也不受欢迎。他们希望能透过农夫市场的营销模式，支持地方上以小规模经营的有机自耕农，并借此推展永续农业的概念。

伯克利的农夫市场自 1987 年开办以来，已经超过 20 个年头，现在除了临时兴起来这里遛达的人潮外，不难看见拿着环保袋、推着竹篓车，或提着菜篮的男女，在这里选购他们的日常食物。对这里的居民来说，农夫市场不再只是热闹的集市，而是踏踏实实居家生活里的一部分。

由于露丝街的农夫市场正好紧邻北伯克利有名的美食区，在鱼帮水、水帮鱼的情况下，邻近街区每到周四下午总是一片人声鼎沸。

除了偶有意外的陌生访客外，有如每周一次邻里大会的农夫市集，更是朋友相会、邻居寒暄，和外地进城的农家闲话家常的交谊时间。有人因为一道食谱配方，在这儿结识新的朋友。也有街头艺术家遇上知音，当下体验热情粉丝索取签名的明星梦。在杂沓的人群里，偶尔传来几声尖叫也不足为奇——劳拉从来不知道伯克利的怪咖同窗史莱恩，居然也会跑到这儿来买有机蔬菜；失联多年的褓母，正在和当年襁褓中的娃娃相认……于是叹息与惊呼声连连。

除了欢语喧哗外，也有人一语不发如老僧入定般靠坐在马栗树旁，观看农夫市场里的一切动静；也有人坐在草地上，陶然自得地编织起熏衣草花篮。夏天的午后，露丝街上农夫市场里的风景，仿佛比往常更加热闹翻腾。摆摊的商家多了，小孩多了，追逐闹事的狗儿也多了。还有一些让人摸不着头绪的访客——头顶夸张大礼帽的、拖了行李箱的、背着背包铺盖的……他们仿佛从遥远的地方来，只为赶赴这一场周四的午后盛会。

农夫市场有人们熟悉的各色花果食物，也有许多让人猜不透的故事情节。每次来，有每次的风景。它的热闹多变，就像随着不同节气轮番上阵的瓜果时蔬、鲜花和牡蛎。

美食街区

位于北伯克利区的夏塔克街是小城有名的美食区。你听说过的、耳熟能详的，或是亲眼目睹门前大摆长龙的美食明星，像是帕尼司家、毕特咖啡与茶、奶酪板披萨店……全是这条街上的邻里居民。

南北纵走的夏塔克街几乎贯穿了大半个伯克利小城，更是贯通北伯克利美食区的中央大动脉。从 20 世纪 60 年代末到 70 年代初，美食区最早由树藤街一带的夏塔克街开始萌芽崛起，此后更一路向北延伸至露丝街，朝南扩张到赫斯特路（Hearst Ave），同时又往左右两侧的交会道路蔓延，织结成一片以美食著称的商圈。

有人说，伯克利的美食区不仅以美食称胜，更标榜着一种生活态度。说起这里曾经是咖啡、起司、加州料理等饮食革命发祥地的光荣历史，便不难看出世人眼中爱作怪的“伯克利人”（Berkeleyan）即便说到吃的，都要来点不一样的花样——选用当令食材，而且最好是来自当地你所熟识的农夫田里长出来的有机蔬果，然后以最能呈现食材本色的方式烹调出最能挑动味蕾的食物。就这样，由日常所需最寻常的食物入手，在里头追求极致快感，也追逐人生最单纯的幸福。经由食物，让自己与周遭的人事物，甚至和人类生存的地球，产生深度连接。

从 70 年代起，伯克利美食区倡导的饮食主张，不仅长年来在美食街区的大小餐馆里阵阵飘香，如今更已是举世的风潮。

除了元老级的美食名店外，后来陆续加入的美食家以及各种族裔带来的异国料理，也在此各显身手，并各自独霸一方。夏塔克街和叙达街路口，一户独栋的泰国菜餐厅，从你认识小城开始，它就已经在那儿，多少年过去了，店门外东南亚风情的木雕和凉亭，依旧是街角一幅不老的风景。

后来又有不少新的亚洲餐厅出现。维吉尼亚街（Virginia St）街角的泰式料理和印度菜，两家东方风味餐厅比邻而立，既相互竞争也彼此拉抬。尤其一到用餐时间总是高朋满座的泰国餐厅，人气鼎盛的热络气氛，让路过的你不免伫足多看两眼，没过几天就拉着朋友要用味觉作个裁量。

泰国菜不仅在美食区独领风骚，看小城里泰国餐厅林立，不难想见其攻城略地的盛况。相较之下，在美食区的大街上只开了一家中国餐馆，不免让人怀疑中华料理已经没落。过去的长江饭店，现在的大连酒家，依旧是中国菜的地盘，只是每回经过仍不免要往店里张看，帮忙数算一下“旧识”的繁华与落寞。

店家用新奇古怪的问句，招徕过客目光。

"美食区"不仅以美食称胜，更标榜一种生活态度。

要是能追赶上现代人的饮食潮流，也许便是餐馆"票房"的保证。和中国菜仅隔一庄店面的日本素食餐厅"Cha-Ya"，只能坐二十人左右的小店面，用餐时间川流不息的饮食男女总是引人侧目。店家在门外摆放了几把给人等候的座椅，透露着一种自信，也是标志人气王的冠冕。

"有机"、"环保"、"素食"，说是美食街区正受追捧的潮流，大概一点也不为过，而且马上有实例可供印证——日本餐厅 Cha-Ya 是一例，门前总是大摆长龙的奶酪板披萨店又是一例。另外，再往南走，店名取得很特别的"What are you grateful for？"（什么让你感激？）又是一家百分百的素食餐馆。

这家素食洋店不仅名字标新立异，户外用餐区以篱笆和几株盆栽柠檬树特意营造的田园气息，也让人不能不多看它几眼。尤其门前一块立地黑板，

不像别家餐厅宣布的是今日菜色，而是每天替换着不同的问句，对着过往路人“嘘寒问暖”，让人在不经意间会突然问起，那面黑板上今天又说了些什么。

黑板上都写些什么呢？举几个例子来看看。

What are you passionate about？（你最热衷什么？）

What do you love about being human？（什么让你因为身为人类而欢喜？）

How have your dreams come true？（你怎样实现你的梦想？）

What brings you bliss？（什么带给你喜悦？）

What can you thank yourself for？（你最感激自己什么？）

黑板的另一面通常以月份为主题。二、三月是这样写的：

February is the month of Love.（二月是“爱”的月份。）

March is the water conservation month.（三月是省水月。）

用力涂抹的彩色粉笔图画，加上花样百出的创意文字，造就出特殊的另类街景。至于这家价格不菲的素食餐馆食物滋味如何，有位吃过的朋友的说法很妙，或可提供参考：虽然看得出菜色有刻意雕琢的别出心裁，但衡量付出的金钱代价，难免吃在嘴里痛在心里，到最后只剩“牛吃草”的味道。看来现代素食创意料理要让人心服口服，还有待时间的考验。

尽管食物美味与否见仁见智，不过细细比较之下，以日本悠久传统风味为基础的Cha-Ya餐厅的素食滋味，确实精致可口许多。有趣的是，这家由日本人担任掌柜的餐馆，厨房里掌厨的师傅多是墨西哥朋友。如果你实在不习惯由西方人为你准备东方料理，那就到奶酪板披萨店对街的美食花园“Epicurious Garden”，去寻找日本师傅为你准备的外带寿司和日本餐盒。像这样由正宗日本族裔为顾客烹调母国菜色的景象，在小城里已经越来越难见到。

这里的美食师傅多隐身于餐厅里间的厨房，餐厅里光影摇曳下的条条人影，却不时用变换的人数为美食师傅的手艺评比给分。即便你不亲身出入餐馆，以视觉替代味觉，也能轻易描摹出这条街的饮食印象，还有，谁才

是美食街区的人气王。

区位偏南的“CORSO”，是两开间合并的餐馆，空间宽敞。用餐时间总是坐满几乎清一色中高年龄层的西方面孔，让人一见难忘。不管中午或晚间，这样的盛况从来不曾消退过。

赫斯特路转角的“LIAISON”餐馆，除了室内用餐空间外，铺了雪白桌巾的餐桌、绿色遮阳伞一路排放到人行道来。夜色里，晕黄的光影下衣香鬓影，杯觥交错。墙外亮着灯光的招牌下面写着一行小字：French Food for the Soul（为灵魂预备的法国菜），这里头卖的不只是食物，还贩卖一种氛围和品味。

不论是Cha-Ya、CORSO、LIAISON或是泰式料理，不管怎么PK，北面帕尼司家和奶酪板披萨店群聚的树藤街一带，向来是此间最人声鼎沸的精华区。

理由其实很简单，奶酪板披萨店一片披萨二块五美元，大大降低了一般普罗大众参与美食赏味的门坎，自然也为附近街区飙出了超高人气。披萨店里、人行道旁、安全岛上，满满全是大啖披萨的食客。相较之下，这里的美食王牌帕尼司家门前倒显得门可罗雀。其实，这栋看不透的花园洋楼里款待的，全是一个多月前就先预约排定的客馆。帕尼司家的顾客群全在无形的时间序列里等候入场，自然减省了门前排队的具象空间守候。

热闹的地方容不下孤寂，有两家走酒吧、夜店现代时髦风潮的餐厅，就开在帕尼司家的隔壁。这里进出的时尚青年男女，带来了光鲜亮丽和喧哗，终于街的右岸也有了足与左岸的奶酪板披萨店互别苗头、一争高下的人气。隔着安全岛，两相辉映，越夜越热闹。

华灯初上，这座仍张望得到星星的城里，火亮的金星已经早早升起，光芒闪耀像遗失在宇宙天际的一颗钻石。夏塔克街的美食明星亦炯炯发光，为生活里最单纯的幸福燃起袅袅人间烟火。

女人和小孩的街

位于美食区的夏塔克街，除了是伯克利人口中的美食街外，也是一条生活的街。

这一路上除了有餐馆、咖啡店外，还有糕饼店、宝石店、古董店、书店、花店、干洗店、艺廊、美发美甲沙龙。另外，日常所需不可少的银行、邮局、超市、杂货铺，这里一样也不缺，就连伯克利大学城里一向最有“缺货”之虞的公寓住房，北区的夏塔克街上也一应俱全。

也许是美食区有过美食革命的傲人历史，这样的反动因子也在附近的商家之间起了潜移默化的作用，和别处比起来，这里的店除了寻常做买卖之外，骨子里就是还有些话要说，有些“理想”、有些“立场”要表白。于是你一面悠游其间，也一面冷眼旁观他们的与众不同。

叙达街街口的大象药房（Elephant Pharmacy），外头明明写着是“药房”，但里头除了不卖生鲜鱼肉蔬果外，这家标榜天然、有机、永续概念的商店几乎什么都卖。

一般世道上的天然和有机，往往有简化到近乎粗糙之嫌，但是大象架子上那些装饮料的瓶子、食品的盒子、糖果的袋子、清洁剂的罐子……个个有板有样，都是经过巧手特殊的设计，好看到让人着迷。还有那些为女

人设计的环保提包和帽子，给小孩玩的布偶，让小狗啃的玩具骨头，怎么看都比别家的有型。当然，走精致路线的代价，也反映在比别家稍贵的标价上。

给人笨重印象的大象也有心细的一面，在药房门前的大街转角处开了一间花铺。于是多情的玫瑰、芬芳的香水百合、娇羞的玛格丽特、振翅欲飞的天堂鸟……随着时节的变换更迭，一年四季不曾稍歇地在街头怒放着花团锦簇的灿烂。等待红绿灯变色的过往行人不再无聊，在附近用餐的情人手里多了一枝表达爱意的长梗玫瑰，人行道上有手捧鲜花嘴角不时扬着笑意的男子在行走……

缤纷多彩的花铺，是大象用它长长的鼻子为美食街区卷起的一束惊喜，一个祝福。

后来有一天，总是伸展着娇娆花朵的花铺拉下了布幔。过几天，地方报上刊登了大象药房宣告倒店关门的消息。大象药房毫无预警的歇业，着实让人错愕。怪只怪金融海啸来得太快太急，让这头七岁不到的大象说倒就倒。

其实，大象药房对街的星巴克咖啡，才是美食街区在这一波经济风暴中最早幻灭的泡沫。这可不代表小城的人在喝咖啡这件事上，有了节约开销的打算，事实上，这一带大街上的三家咖啡馆，每回经过总见人满为患。

这三家咖啡馆几乎等距分散在街的北、中、南，虽然同样都在街的左岸，却有着迥异的个性。位置偏南的肥美之地咖啡馆（Fertile Grounds Café & Deli），除了门前遮阳伞下的顾客时有交谈互动外，坐在店里的人，不管年龄层次，几乎人人面前一杯咖啡、一台笔记本电脑，个个紧盯着计算机屏幕，无声无息，像忙碌的商务办公厅。

坐落在大象药房斜对街的咖啡馆，店名就叫“大猩猩”（Café Gorilla）。“大猩猩”比起同样来自非洲的“大象”邻居，明显活得更精彩得意。小小一庄店面，从早餐时间到日暮黄昏，热络进出的年轻与熟龄男女，像是不

法国旅馆的咖啡香，招徕热闹的市街生活。

断加添的薪柴，把小店气氛烧得暖烘烘的，连路过的人都能感受到热度，让人感觉一天忙碌的生活就从这里开始。

再往北走，一栋两层楼高的红砖楼房，上头用霓虹灯管绕出了“French Hotel”（法国旅馆）的字样。由旅馆往前再走两步路，就是美食人气王奶酪板披萨店，楼的斜对街是美食王牌帕尼司家，街头风光一片绮旎，加上周边几株身影绰约的香枫，法国旅馆前人行道上的露天咖啡座，总是不时满座，处处飘香。每回路过总不免贪婪地多吸几口气，因为这里的咖啡气味最香浓，这里的顾客也最老沉悠闲，那气氛仿佛透露着：不管世界怎么变，来杯香浓的咖啡，才是天经地义的正事。

面对不景气的年代，美食区看来也自有一套生存逻辑。虽然好但有点贵

的东西先遭遇封杀，像大象药房。而尽管不贵但不合地方民情的店家，一样遭到淘汰，如星巴克。在先后倒下两家重量级的连锁商店之后，一切暂时归于平静，而这一条白日里仿佛更属于女人和小孩的街，终究把纷扰的世界抛在脑后，继续在大街上逍遥游逛过生活。

为什么说这是一条女人和小孩的街呢?

这里多的是美发美甲沙龙，附近应该住了不少爱美的女人。美味料理的店面之间，夹杂有瑜伽和Spa，显示这里的女人在享受美食之余，也刻意保持身材。还有，没走几步路程就会遇上一家“宝石店”，虽然里头的宝石不过是些漂亮的石头，身价不足以让情人交换爱情的盟约，更遑论让人进行交易洗钱的勾当，不过这更足以说明宝石店看重的对象，是真正懂它的女人。

这一路上干洗店也不少，衣物送洗和取回，多半还是落在操持家务的女人身上。这里的花店除了卖新鲜切花外，还有更多栽在盆里的花花草草，等候着逛街的主妇带回去布置家园。

等上班上学的人都出了门，一早开始的兵荒马乱都尘埃落定之后，美食街上开始有妈妈推着婴儿车的身影出现。她们也许只是轻松地在街上漫步，随意四顾流盼，就像闷了一夜的阳光一早出来透透气。只是推着婴儿车进出哪儿也不方便，看看橱窗应该是最省事的消遣。ACCI 艺廊（ACCI Gallery，Arts & Crafts Cooperative，Incorporated）总是绚丽缤纷的门面，自然最能吸引妈妈和小孩的眼睛。

ACCI 艺廊是超过五十年的老店，在一百二十五位艺术家会员的赞助下，这儿展出的艺术内容向来最“澎湃”。几天前，五六个大型木偶雕像才贴着橱窗排排站，这一天已经换上恐龙大集合的可爱玩偶创作。艳色多变的玻璃艺术是门口的视线焦点，另一头橱窗是专为犒赏来去匆忙的女人，而不惜对着大街抛头露脸的各色项链珠宝饰物。再往里头看去，展示架上有更多的珠宝、纺织品和陶瓷展出。

尽管艺廊门口没有“小孩小狗勿入”的告示，但推着婴儿车的妈妈还是识趣地决定去一家最符合女人与小孩身份的店家。这样的决定一点也不难，美食街区甚至偏心地只卖女人和小孩的衣服，其他性别和年龄的，一概敬谢不敏。

大部分在街上来去的婴孩与母亲，演出的多半是“哑剧”。但一到下午三点钟左右，维吉尼亚街转角附近的小学一放学，大街上立时翻腾起“快乐儿童天堂”的喧嚣吵闹气氛。这时候和小学仅一墙之隔的维吉尼亚面包店（Virginia Bakery）最得地利之便，只见小萝卜头钻进钻出的身影，是店里一天当中最兵荒马乱的时刻。放了学的孩子总是喊饿，没时间下厨的妈妈也不愁没有地方张罗现成的食物。美食街区除了用餐时间才开张的餐厅外，还有不少专门提供外卖的熟食店。意大利披萨、墨西哥卷饼、日本寿

为小朋友举办的市街活动。

司和便当餐盒、中华料理，应有尽有。另外还有汤品专卖店，烧烤熟食、饭后甜点，也都不成问题。只要一次把分量买足，先给放了学的小孩填饱肚子，其他现成的食物装进日用的碗盘里，旁边再添几把红绿菜叶作装饰，就成了晚餐桌上的佳肴。

如果你受了美食区的感染，也想自己动手下厨，这附近也有美食教室开班授徒，就让美食专家来帮你实现梦想，只是他们的收费不赀。如果你不预备拜师学艺，只想照着食谱依样画葫芦，那么美食街区唯一的书店——黑橡树书店（Black Oak Books）会是你理想的起步。

美食区的美食名家，不只汲汲于日常的买卖营生，也著书立说，宣扬自己的饮食主张，像奶酪板披萨店和帕尼司家。黑橡树书店也总是最捧自家邻居的场，书店中央最醒目的展示桌上，摆放的全是附近美食名家的大作，颇有与有荣焉、休戚与共的意味。

如果你对食谱没有特殊偏好，但一直有阅读的习惯，也依旧喜欢手里捧着书本的踏实感，那更应该到树藤街附近的黑橡树书店去感受书香。这里的老板曾是电报街上牟氏书店的“徒儿”，店里有新书也有二手书，也每个月都会安排作者到书店来为读者朗读作品，让悠游于美食区的幸福人儿在美食饭饱之余，也有了灵魂洗涤的心灵飨宴。

时常，“听”了一夜的书，带着饱足的心走进沁凉如水的夜色里，若遇上农历十五，油亮亮的满月就从大街后方的伯克利丘爬上山头。也许是天时与地利多助，山丘上的月亮总是大得惊人、亮得出奇，衬着街头的剪影，“月出东山”的美色总让人惊叹。

明月当空，白日的喧嚣一一告退。如果月亮是嫦娥的寝宫，那么在月色里，这是一条在女人怀里沉沉睡去的街。只等日月交替，当太阳升起，这又会是一条人声喧哗、热热闹闹的生活的街。

伯克利堡

伯克利堡（Berkeley Bowl）以贩卖新鲜鱼肉蔬果起家。1977年立业开张，由原来的保龄球馆（Bowl）改建而成，商家沿用旧名，成就了名实不符的特殊商号。记忆中80年代的伯克利堡，以蔬果新鲜、价格公道在顾客间作出了好口碑。老板是日本人，在当时更是大家津津乐道的话题。

当年店里头总是可以看见身着白色工作制服的东方人忙进忙出，其中除了一位头绑白色毛巾，看来颇有总管架势的男子，会不时面带微笑和顾客点头招呼外，其余三两个理着平头的年轻小伙子，总是默不作声身手利落地在铺货。他们勤奋认真却又不苟言笑的态度，让人印象深刻。

也许是店家和亚洲有着渊源，在伯克利堡总可买到东方人常吃的蔬菜。在当时亚洲商品不像现今这般流通的年代，也算为店里竖起了一块金字招牌。

之后很长一段时间不曾去过伯克利堡。物换星移，不知伯克利堡安在否？

依旧在夏塔克街往阿什比街（Ashby Ave）方向的老街坊附近，生意越做越大的伯克利堡，规模翻了一番，挪了几条街廓，搬进了早年Safeway超级市场的旧址。

搬了新家的伯克利堡，除了新鲜鱼肉海鲜蔬果外，还有各色酒类饮品、

牛乳奶酪、各类干料以及民生杂货。东方食物依旧是店里的招牌商品，一种水果总有三五样以上品种的选择，是伯克利堡永远的骄傲。让顾客自行量取谷类、干果、面条、香料……这是响应环保减量包装的新做法。

供应炒面炒饭、寿司三明治的熟食店，以及兼作画廊的咖啡餐饮角落，是旧日店里不曾有过的服务。在蔬果架前搬货铺货的是墨西哥族裔的员工，除了结账柜台后几张东方面孔外，这里已经嗅不到昔日的气息。

对于熟悉老店的顾客来说，这是脱胎换骨、面貌全新的伯克利堡。这里各色民生杂货齐备，是标准超级市场的规模。有关伯克利堡的转型，原来还有这么一段插曲。

1994 年位于奥瑞冈街（Oregon St）的 Safeway 超市关门后，伯克利堡的老板安田先生（Glenn Yasuda）便有意接手经营。但碍于 Safeway 只租不卖的态度，让安田先生打了退堂鼓。不久之后传来折扣商品店 MacFrugal' s 有望签下租约，但却遭到当地居民的强烈反对。

自从 Safeway 关门以来，伯克利南区一带一直没有理想的超级市场。当地居民于是联手组成小区委员会，积极争取全方位服务的超市进驻。幸运超市（Lucky Store）一度有意接手，但是条件谈不拢只好作罢。就在各方势力拉扯下，Safeway 旧址闲置了好几年的时光。

事情又回到原点，1999 年，Safeway 终于同意将店面出让给安田先生。为了回报当地居民的善意，安田先生同意将乔迁后的伯克利堡经营成全方位的超级市场。

城市居民和市府联手，为地方邻里创造最佳生活机能的成功案例，实不多见，伯克利堡是这场战役的受惠者。只是水能载舟亦能覆舟，2002 年，安田先生在伯克利西区的海因茨路（Heinz Ave）上买了一块地，预备建造他的第二座伯克利堡。只是这回他没有这么幸运，在当地居民的反对下，计划一再延宕。2006 年，就在安田先生萌生退意之际，传来市府审核过关的消息。西伯克利堡（West Berkeley Bowl）会是什么光景，我们且拭目以待。

从伯克利堡一再扩充规模的事实，不难想见变身后的伯克利堡依旧受顾客钟爱的程度。《加州人日报》年年举办读者票选伯克利市最受欢迎的杂货超市，伯克利堡总是连年勇夺冠军。除了物美价廉外，毕竟能一口气推出16种西红柿供民众选购的大手笔，除了伯克利堡之外，谁与伦比？

尽管伯克利堡停车出了名的困难，在入口处排队等候车位的情况司空见惯，但对于伯克利堡的忠实顾客来说，这一切只是一种必经的仪式，是朝圣者必备的修养。因为伯克利堡的食物里所隐藏的活力与鲜度，总有魅力召唤着你一来再来。

透过食物的鲜美呈献，伯克利堡传递着安田先生为顾客精选食材的用心与慎重。伯克利堡已经成为一个城市标志，一道不可抹杀的伯克利风景。

由顾客自行量取谷物、干果及面条等，是伯克利堡响应环保减量包装的做法。

诗道

伯克利曾经流传这样的说法："如果在伯克利丢一颗石头，最容易砸中三种人：物理学家、诗人和心理治疗师。"伯克利的诗人繁多，实不虚传。

在一个诗风鼎盛的城市，拥有一处以诗作为主题的街道，看来也是理所当然的佳话。就像好莱坞的星光大道，以明星手印召唤全世界的目光，人文荟萃的伯克利则选择用诗人的心灵印记，来标识它独一无二的"诗道"（Poetry Walk）。

2003 年 10 月，在伯克利市中心艺术街区正式揭碑的诗道，就位于夏塔克街和米尔维亚街之间的艾迪逊街（Addison St）上。

从诗道的交会路口开始，刻镂着诗篇的方形板块顺着弧线转角拉开序幕，便一路沿着路缘石等距镶嵌在人行道上。这些被封存凝结在搪瓷铸铁板上的 120 多篇诗作，都出自伯克利大学哈斯（Robert Hass）教授的精心挑选。

哈斯教授担任过美国桂冠诗人，也曾获颁 2008 年普利策诗歌奖，他为诗道挑选的诗篇，都直接或间接和伯克利的人事物有关。人行道上的诗作铺排，也按着时间序列顺次展开，从夏塔克街起始的印第安歌谣，到米尔维亚街收尾处接近新庞克断句风格的现代诗，诗风迥异多变，时间横跨伯克利的百年历史。

印第安部落是最早落脚伯克利一带的原始住民。在诗道的起始处，可以读到这样的文字：

嘿，迷雾，回家吧
回家吧，迷雾
鹈鹕在打你的妻子呢

——印第安歌谣

循着诗道往前移动，这样的诗句也可能让人驻足停留：

伯克利的和尚　也许　比西藏还多
有些从西藏来　但更多　来自布鲁克林

——Ishmael Reed

艾迪逊街的诗道上也有翻成英文的外国诗作，只要翻译者和伯克利能沾上一点边，外国诗也有雀屏中选的机会。斯奈德（Gary Snyder）在伯克利大学求学期间翻译了唐朝诗人寒山子的《泣露千般草》。托斯奈德之福，在诗道上我们也能欣赏到英文版的唐诗。

至于李白的《月下独酌》能现身诗道，也有一段插曲。根据哈斯教授的说法，原来这首诗的两位译者在80多年前曾经任教于伯克利大学。其中一位宾纳（Witter Bynner）是哈佛毕业生，离开伯克利的教职后，曾经游学中国大陆研习中国文学。另一位来自中国的学者江亢虎，后来返国后还教过一位名叫毛泽东的中学生。

在这样攀亲带故的挑选标准下，和伯克利理当毫无瓜葛的莎士比亚诗作的出现，难免引人狐疑。其实要解答这个谜团也不困难，线索就在莎士比亚诗作铸版附近的伯克利宝库剧院（Berkeley Repertory Theatre）。这座剧院

经常上演莎士比亚的作品，这个再实际不过的理由，让艾迪逊街的诗道有了莎士比亚的身影。

追根究底来说，伯克利大学和城市的名称，乃是源自于既是哲学家又是诗人的乔治·伯克利（George Berkeley）主教之名。其著名的诗句——“富国强兵之道在西方”，触动了加州学院（伯克利大学前身）创办人的灵感，于是伯克利由人名转为校名和地名，被人呼唤至今。伯克利主教的诗作当然也在诗道之列，只是碍于搪瓷铸版篇幅有限，哈斯教授作了必要的剪裁。

诗道上的120多首诗篇，代表着120多个不同的人生故事，故事背后牵引着不同的生命情境与灵魂的叹息。太阳底下没有新鲜事，加州艳阳照着发烫的诗篇，也照见你读诗的眼眸。脚下诗人曾经有过的心灵悸动，这一刻变成了你的心事。

艾迪逊街的诗道，是伯克利市中心振兴计划的一部分，从20世纪90年代末期开始构思，到2003年具体成形，其间经过了相当时间的酝酿。经费主要来自私人捐款，以及市政府的公共建设支出。

除了诗作之外，诗道上还有8位艺术家共同参与完成的地面创作艺术。

唐朝诗人寒山子的诗作。

脚踏车成了诗必须防范的路霸。

有彩色地砖拼贴、用各国文字镶衬的唇耳意象图案，还有头角峥嵘的趴地枝丫，在如江河般蜿蜒绵长的粉橘铺面贯穿下，让诗道增添了鲜活的色彩。

像艾迪逊街这样用诗道来作为艺术街区的主题，说来也有点冒险。比方说，汽车油渍弄污了铸铁板上的诗句；垃圾桶抢占了诗道空间；脚踏车正好压住了诗篇的下半截；正在发动的路边停车，对着悠然观赏诗作的行人猛喷废气；还有水泥板块反射白花花的阳光，让人看不清楚诗句……看来这里要成为诗文涌动的长河，还需要周边环境的多方配合。

其实从一开始，也有人担心诗道能不能成功。乐观的人说，伯克利本来就是个特立独行的地方，应该为世界开启任何新的尝试。即使诗道真的不如预期，最坏也不过是——“这就是伯克利！”

万圣节

9月才过一半，堆在超级市场门口大大小小、橘色、黄色、圆的、扁圆的南瓜，是宣告万圣节即将到来的第一个信号。

紧接着，餐厅、商店橱窗开始陆续摆出南瓜灯、稻草人的应景装饰，又一次提醒你，万圣节的季节已经展开。

然后，你发现一般寻常人家的门前台阶上，三三两两错落摆放的南瓜灯，揪着跳动的烛火在对你挤眉弄眼。夜里掀开布帘的大面海景窗里，有通了电的南瓜灯在对你盈盈地笑。于是你清楚知道，这条街上哪个邻居准备好了要过“鬼节”，又有哪些人家预备沉默以对。

如果你对这一切依然视若无睹，决心要以平常心过日子，结果就在心里彻底忘了鬼节这回事，当天只要太阳西沉后一不小心出了门，门外鬼影幢幢的小城风光还是把你“惊”了一下。

从六点多钟太阳神的威力自地球上撤退开始，一年一度“爱吃甜头”的黑暗势力便陆续登场。这批光顾小城的鬼儿们都先说好了似的，也讲究长幼有序的排场。首先登场的，是一群小鬼萝卜头。他们年纪虽小，阵容却最庞大。一行“鬼儿”八九十人，在爸爸妈妈爷爷奶奶等老天使的护卫下，声势浩大地出场，一登场就让行人纷纷为其让道。

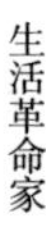

暮色里，本该是阴气逼人的鬼里鬼气，结果讲究的道具服装，还是藏不住一朵朵天真烂漫的可人笑靥。有些孩童根本舍弃装神弄鬼的路线，而以童话世界人物的可爱本色亮相，于是白雪公主、彼得潘、哈利波特……纷纷出笼。陪伴在侧的大人也不含糊，巫婆帽、黑斗篷、青面獠牙、吸血僵尸……专业行头样样上身，比起小鬼头们一点也不逊色。看到这儿，你不禁喟叹一声："呵，伯克利！"

这群小鬼头、老天使循着南瓜灯的指引，一家家的去敲门。原本该是威吓取糖的捣鬼行动，结果一声声甜腻腻的"trick or treat"，换来的是一满怀甜滋滋的糖，还有一声声再见的道别声。对于那些孩子都已离家的主人，巴不得这群小鬼天使明年一定还要再来。

遭遇这样好看的鬼节，先前说要以平常心过节的你，这下决定要以好奇心去四下"寻鬼"。

于是，"鬼"跟了糖走，你跟着"鬼"走。

天色越黑，奔忙于途的鬼儿们越见猖獗。

前方迎面而来一批五六人独立行动的小鬼头。他们行动敏捷，在亮起南瓜灯的邻里门户间飘忽穿梭，以最宏亮的声音、最火速的搜刮行动，累积提篮里糖果的重量。

你看得出神，才准备跟着这群霹雳小鬼四出游走，这时对街悠晃晃的来了两对父母，婴儿车里推着三个小鬼毛头。大人小孩颈项间都戴着发光的圈环，那幽微的光，像是幽灵家族的神秘暗号，又像是魅惑人的神秘力量……于是牵引着你拐过对街加入了他们的行列。

选定一户南瓜灯火辉煌的门前，搭着婴儿车来的三个小鬼毛头在一位妈妈代表的引领下，登上穿廊台阶开始了今晚的索糖游戏。其他的大人就留在大门外守候观望。

开门的老太太老先生看见眼前头带牛角帽、一身海盗打扮的三个"小抢匪"，乐得眉开眼笑，恨不得多抓几把糖收买这些小甜心。温馨的一幕，门

外的妈妈看得出神，婴儿车一不小心打滑往旁人身上碰了一下。

“Sorry！”妈妈粗嘎的男声把你吓了一跳。这才发现一直站你身边、衣着优雅的这位妈妈，原来是男扮女装。虽然胖了点，但凹凸有致的身材裹在剪裁合身的窄摆洋装里，加上配了水手帽的蓬松短发、颈肩一串珍珠项链，夜色里如假包换的高雅太太，“她”不出声，不可能泄底。

让这男声一惊，虽然不到活见鬼的地步，还是忍不住盯着“她”离去的背影多看了两眼。露膝短裙下一双粗壮的萝卜腿，这个难以粉饰的破绽，终于让你未能在第一时间识破真假雌黄的难堪，稍稍得着一点安慰。只是再看一眼那双合脚的优雅女鞋、还有处理得光洁滑溜的双腿，你不免再喟叹一声：“呵，伯克利！”

刚刚的“小抢匪”才离开，一对青少年姐弟档旋风似的出现在这栋南瓜灯火辉煌的宅前。弟弟着半筒斑马袜作小丑打扮，姐姐是华丽的女巫变身——尖顶黑帽、大披风，胸前五彩斑斓织纱，身上没有装糖的提袋，只手里擎了一只高脚杯。这位贵气逼人的女巫，果然深得主人欢心，不仅得了赏，还被让进了屋里和南瓜灯的主人拍起了合照。原来小城的“trick or treat”，还有登堂入室的特级招待呢。

夜色浓稠，追逐南瓜灯影的鬼魅，益加暗夜浮动。你跟踪“鬼迹”而行，竟意外来到南瓜灯秘密集会的大本营。

胡桃街上二十来颗南瓜灯排排坐立栏杆石柱上，用不同的表情展演万圣节的万般风情。

于是你夜行的主题由黑暗趋向光明。忘了鬼魅，快速变心投向那些捧着相机想留住南瓜灯黄金灿灿一刻的路人，还有站在路边水银灯下聊天的三两邻人的赏灯阵营。

在烛火的挑动映照下，南瓜灯上有巫婆的剪影、有吓人的骷髅头、有长了獠牙的吸血鬼。有的南瓜灯在笑：龇牙裂嘴的狂笑、一脸憨厚的傻笑。有的笑弯了眉、有的笑歪了嘴、有的紧抿着蒙娜丽莎式的神秘微笑。

也有生气的南瓜脸：嘴角下弯却欲哭无泪的，横眉竖目瞪着一双火眼金睛的，当然更有一脸无辜呆瓜样的。

除了熟悉的脸谱外，全身打洞的南瓜，透出斑斑光点，像是瓢虫的身体。十一月份美国总统大选在即，奥巴马代表的“Hope”一词，也成了南瓜的文身图样。

你正发现新大陆似的，透过镜头为这个反映时事的希望之灯留影，旁边有人冷不防地问你：“这角度能拍到后面的图像吗？”刚刚一直站在路边水银灯下和邻人聊天的男子，牵着他的斑点白毛大猎犬忽然出现在你身后。说话之间，已经顺手将南瓜灯替你转了一个方位。“喔，奥巴马！”你忍不住惊呼一声。

奥巴马的南瓜雕像，还有这一长排迷离的南瓜灯影，正是这只猎犬主人手下的杰作。一整晚，狗儿和主人就守在这些精心雕琢的南瓜灯畔。这时你想起来该向人家的好心提醒道谢，才一转眼，那人已经回到刚刚站立的地方，和邻居聊着还没说完的总统大选话题。

乌云袭卷的天空，让夜黑得更加张狂。酝酿窥伺了多时，这会儿雨终于淅淅沥沥落了下来，也打散了赏灯华会的访客。

奥巴马代表的“希望”，也成了南瓜灯的图案。

时间更往午夜推进，街上“小鬼”高音律的喧哗声终于退场，换上了中低音频的行进曲。幽黄灯影里挪移的黑影，身量明显拉高。看看时间，也该是大孩子登场的时候了。

小城逐渐睡去，南瓜灯影亦随之黯淡。只是在尚未褪色的夜里，黑暗势力仍将继续追索糖的甜蜜滋味。

2

山居岁月篇

石头记

东方有部出了名的《石头记》——《红楼梦》，但却鲜少人知道，西方出了名的伯克利大学城原来是座石头城。百年来伯克利人与石相安相息，造就了一片仿如《西游记》美猴王的水帘洞洞天、花果山福地。

原来伯克利在开发为城镇以前，邻近伯克利丘（Berkeley Hills）一带的橡木草原荒野上满是嶙峋的岩石露头分布。这些岩石大小形状多变，有的匍匐地面，有的擎天而立，有的甚至高达十米以上，当时远从旧金山湾对岸亦历历可见。

据推测，这些岩石露头大约是一千多万年前由圣荷西（San Jose）南方的赫里斯特（Hollister）附近一带的火山所喷发出的火山岩，之后随着海沃德断层（Hayward fault）及卡拉维拉斯断层（Calaveras fault）所引发的地层变动及地滑现象，逐步将其推移到伯克利丘一带，其中又以北伯克利区的分布最为普遍。1914 年，伯克利大学教授劳森（Andrew Lawson）以其分布最广的邻里名称，将其正式命名为“北伯克利流纹岩”（Northbrae rhyolite）。

随着人类脚踪的进驻，伯克利的岩石露头逐渐披覆上城市发展的外衣，渐渐隐身于建筑房舍、街道、花园和绿地之间。虽然不再是荒原上头角峥嵘的焦点，却在伯克利人追求生活艺术品味的雕琢下，以另一番引人入胜的风貌展露风华。

北伯克利流纹岩以日常家居的频度，彻底融入了伯克利人的生活中。有的化身邻家的天然围篱，有些成了院落造景的一部分。有的让道路为它转弯，有些就大剌剌的横亘在步道中央。那些被收编为住宅建筑的，不是当了屋子的地基，便是成了露台的支托，至于被驯服进屋里的，在房舍楼梯间、地下室、车库和烟囱，无处不能见其巧妙变身的踪影。绝妙的是，有的更成了住家淋浴间的墙面。

这些火山喷石在北伯克利区一带的分布，尤以千橡树（Thousand Oaks）小区出现的密度最高。在现代文明入侵之前，这里是岩流与火烧造就出来的自然地景——岩流带来的石头群，加上早期印第安居民放火烧山诱发生长的橡木林，彼此纠结缠生焕育出千橡树一带，大石绿荫鳌据一隅的壮阔。

无法收服的大石，半露在屋外。

昔日的奇岩巨石，已在各自所属的主人家中安居落户。

北伯克利区处处可见住屋与石共生的景象。

那些掉在岩石隙缝间的橡实，让巨石养护萌生成橡树后，回转身来以自己日益茁壮粗发的躯干枝条，伸展拳抱曾经护卫过它的大石。于是嶙峋乱石之上有大树华冠，绿叶盖天的苍劲老林下是盘结交错的块石，“有生”与“无生”彼此交融成一体。也许是这样的生灵息气，召唤来了奥龙尼族印第安人（Ohlone Indians）在这里驻扎成最大的部落，也为故去的奥龙尼族人觅得一处安息的坟冢。

就如千株橡树伸展拳抱曾经护卫它的大石一般，19 世纪末期迁入的新移民也以住居的眼光要和这片石头群相偎共生。当初在此建造小区的地产开发商还以巨岩奇石作为住宅销售的卖点，一时间让追求热潮的顾客趋之若鹜。

随着百年岁月流逝，当初旷野中的奇岩怪石如今都在各自所属的主人家中安居落户。有的立在门前院落，倚着栏杆、小树花草或雕像，让人一睹野石驯服后的恬静风采。

有些门前巨岩让人从中裁出一截空隙，嵌上阶梯，成了进出家门的城垣护栏。也有身量相对轻巧的石块，彼此相互召唤又再紧紧依偎靠拢，替主人美丽的花园围出一段古朴的短墙。

有人甚至拿岩石贴上墙面，邀请过往路人一同欣赏就地取材的绝妙艺术创作。至于那些被让进住屋里的，只有亲朋友人来访时才能再见到陌生的脸，还有更多进不了大门的巨石都隐身在屋后，打从门前经过的路人实难探知它们的下落与踪迹。只要沿着千橡树大道（Thousand Oaks Blvd）附近的几条街道游走漫步，大概都不难在各家住宅前院看见住屋与石共生的景象，尤其是文森特路（Vincente Ave）上更是每家每户都有石为伴。如果想进一步探看最初的火山喷石，那就取道挤身于房舍之间的羊肠小道吧。

从小路步道推开的后院风光，或可一睹居处文明世界近百年的北伯克利流纹岩的近况，看看那些披上文明外衣的石墙、石壁、石栏、石篱、石灶，是否亦有着《西游记》里由仙石迸生的石猴子寻得安身之处的石窝、石碗、石盆、石床、石凳的妙趣。

《红楼梦》的千年大梦从青埂峰下一块石头开始说起，早年伯克利大学的兴造也是由一块奠基石开启百年树人大业。

东方出名的《石头记》以“一片白茫茫大地真干净”收尾引人千古遐思，而在西方伯克利的石头城却已走入凡尘，幻化成一片繁花似锦绿苍苍大地真福地。

最崎岖不平的住家

位在千橡树小区优胜美地路（Yosemite Rd）上，原本由丹尼尔斯（Mark Daniels）建造的房子，大概是附近邻居眼中最崎岖不平的住家。除了庭园入口处一方平坦的地面外，其余大部分的土地都让层层叠叠的岩石给占据住了。丹尼尔斯的房子就从岩石堆里，规矩端正地“长”出了地面。

会选择在这样一处让大多数人都望之生畏的严峻环境建造与自然共生的房子，和丹尼尔斯身为景观建筑师的背景不无相关。除了几根必要的基脚柱桩外，瑞士山居式的建筑几乎绝少碰触到地面。

住屋门前就正对着两层楼高的巨石，左右两侧亦不轻松，交错堆叠的大小岩石难得留下可以回旋的空间。屋后收拢不进房里的大石，就让它半露在墙外。后院的橡树乱石堆中间找一处平坦的空地，摆上茶几桌椅便是理想的户外沙龙。旁人眼里可能进出不便的怀疑，在现任屋主哈里斯看来，显然不值一哂。

哈里斯显然又是一位乐与岩居共舞的爱好者，他不仅乐于敞开大门与人分享，还表示要在千橡树小区百年纪念时，提供他的房子来作些特别的庆祝活动。看来最崎岖不平的房子里，住着心胸最开阔的主人。

千橡树小区一带的邻里周遭虽然满是岩石分布，但如果岩石所在的位置不曾标示有公园名称，最好还是别轻易对它示好，因为这里触目所及的大小石块，全都属于私人地产的一部分。

在圣塔罗莎路（Santa Rosa Ave）上紧密相邻的房舍间，突然出现长长的一段空白，空白处都让北伯克利流纹岩的巨大石块给占据住了。这里便是附近邻居口中的“野餐石”（Picnic Rock）。

野餐石当然也属于私人所有，只是它块头高大、分量太重，没来得及赶上 20 世纪初期千橡树小区开筑建造的黄金列车，于是这一拖延，也耽误了野餐石跻身名门世家的青春岁月。

从 20 世纪 70 年代开始，虽然又有人不断上门探问结亲造屋的可能，只是方圆周边安居乐业多年的邻里街坊，早把野餐石当成自家女儿看待，说它小姑独处最能保持可人性格，认为它维持纯净外貌最能带来邻里幸福。在邻人排山倒海般的舆论压力，以及自家主人也作不得主的情况下，野餐石就在这样的拉扯间暗自度过了晦涩的悠悠岁月。

邻人为了安慰野餐石的孤寂，特地在 1990 年发动地标保存协会为它颁了“伯克利最佳美地”奖，只是野餐石依旧处于各方意见相左的冲突下。

这样的争执一直到 2006 年，由附近邻居威尔森出面买下野餐石的产权后，才算告一段落。野餐石终于得以名实相符的角色重新出发。

威尔森买下野餐石后，仍旧是依私人地产的方式来保护野餐石。若非事前经过他的同意，旁人不得随意攀上这块大石，遑论在上头野餐。威尔森为了贯彻他的决心，先是在野餐石的周边插上了界桩，之后还做了围篱，看来威尔森正努力以更高规格的戒备，来保护属于他名下的野餐石。不过威尔森也说了，只要事前经过他的同意，还是欢迎大家到野餐石一游。

所以说，如果不是公共地产上的石头，还是别随意亲近的好，因为这里的石头各个都已名花有主。

石头的家

早年伯克利自然地景上随处可见的岩石，随着文明的入侵成了住宅小区里的私产。对一般大众来说，现今最容易接触到的北伯克利流纹岩，无非是分布在北伯克利区一带的岩石公园。

这些石头的家，大小不一，形色各异，多由私人及早年的地产开发商所捐赠，其中尤以印第安石公园（Indian Rock Park）最具代表性。

印第安石公园

印第安石公园里凌空拔起的流纹岩巨石，浑身闪动着灰黑油黄的光泽。仗着巨岩的高度，加上伯克利丘提供的海拔优势，印第安大石前平野千里、一望无际。天气清朗时，旧金山湾的美景尽收眼底，伯克利大学的校园钟塔也依稀可望。

这里过去曾是奥龙尼族印第安人的居所，巨石上一处处像缸钵一样的凹洞，是早年印第安人在岩石上敲击橡实为食，所遗留下来的痕迹。

岁月流转穿梭，这处质地坚硬的巨石后来成了攀岩者理想的练习场。有现代攀岩之父美称的莱纳德（Dick Leonard），便是在这里展开他的攀岩

生涯。当年这群攀岩的热爱者，不仅利用印第安石开发出新的登山技巧，更因此带动了全美攀岩的新风潮。

莱纳德之后也在距离印第安石公园不远处的克雷蒙石公园（Cragmont Rock Park）成立了攀岩俱乐部。这个俱乐部成立不到几个月，就被美国西岸历史悠久的峰峦俱乐部（Sierra Club）吸收为其分部。在莱纳德的训练和带领下，1934 年峰峦俱乐部成功写下首度攀登优胜美地国家公园（Yosemite National Park）奇崖绝壁的历史性纪录。

印第安石公园标示牌。

印第安石上不时出现登高望远的访客。

另一位知名环保人士，同时也是地球之友协会的创办人——布劳尔（David Brower），也是在印第安石公园练就一身登山绝技。第二次世界大战期间他为美军撰写的攀岩训练指南，让美军第八十六兵团得以在意大利北方的锐洼山脊（Riva Ridge）对德军展开奇袭，有效阻断了德军当时在南欧的凌厉攻势。

这里虽然是孕育攀岩好手的奇岩巨石，但为了方便一般民众登高揽景，印第安石上仍有两处人工手凿阶梯直上顶端。不论天候阴晴，巨岩附近总有徘徊的身影。有人来这里张望海湾对岸的城市与大桥，乌云迷雾海上张狂的日子，就改尝海风袭面的畅快。要是运气不错，正好遇上攀岩者来访，那么从旁观赏攀岩好手与巨石间的应对进退，也是一道迷人的巨岩风光。

印第安石就坐落在小区邻里间，这使得文明与旷野有了最独立自主的安排，彼此紧密相依，却又互不侵犯。暂时挪除巨岩周遭的建筑庭园于视野之外，印第安石依旧保存着原始粗犷的地景面貌。有了巨岩为伴，附近的小城家园也多了几分田野气息。尤其是由印第安石旁起始的印第安石小路（Indian Rock Path），不问地势高差变化，一路向西横越四条马路直通热闹的索拉诺大街（Solano Ave）。

印第安石公园和附近邻里小区相亲相爱，印第安石并非不食人间烟火的孤傲巨岩。

克雷蒙石公园

拐弯走进通往克雷蒙石公园方向的小路，正好遇到一位祖母年纪的女士早一步走在我前头。她白发苍苍，步履矫健，明明就在眼前，却总也追不上她的身影。终于我们还是不约而同先后抵达了当年攀岩大师莱纳德成立攀岩俱乐部的岩石公园。初次相遇，岩石公园出人意外的竟未在门口以巨

岩或大石迎宾，而是一片青葱绿地和苍劲橡树映入眼帘。大树下静定坐着一位老人，和脚边一只伴随着他的狗。老人佝偻老迈的身躯和橡木老态龙钟的树影，留住了岁月刻镂的痕迹，仿佛也成了公园里的雕像，地老天荒的一直都在原地。

才为这处风格迥异的石头公园驻足惊叹，刚刚一直在视线里的老祖母一溜烟已不见踪影。右侧的眺望亭由大石和铁栏杆围出边界，入口处有几块大石伫立。绕过大石走向亭台前缘，开阔的小城与海湾景色跃然于眼前。

“站到石头外面去，视野会更好。”刚刚倏的不见人影的老祖母，不知何时已来到我身后。石头外面是莺飞草长的悬崖陡坡。

“那是我年轻时候最爱做的事，”她又说，“绕过左边小径往下走，巨岩上的风光也不错。”原来攀岩大师莱纳德的巨石躲在坡下林荫深处。

很少遇见比我年长的人鼓励我做冒险的事，也许对攀岩能手来说，人生再没有更要命的冒险。还没来得及请教她飞檐走壁的本事，老祖母早已不知去向。

战战兢兢由紧邻陡崖的大石外头重返踏实的地面，转身看见老人与老祖母在大树下聊天。才准备拐个弯下去探索莱纳德走过的巨岩遗踪，一转身，绿荫浓稠的草地上，早已失去来去如风的老祖母的身影，独留老人和他脚边的狗。

街坊间的大石伙伴

这里还有更多的岩石公园，占地面积都不大，就像领了门牌号码的街坊邻居，安安静静地错落在房舍之间。

这些紧密贴近住家的岩石公园，仿佛是邻近居民的后花园。好几回经过巨石附近，不见人影出没，却传来一阵阵谈话声和笑声。留神张望，原来大石顶端有人歇息聊天，衬着天空飘忽的云、眼前开阔的小城海湾景色，

到巨岩沙龙串门子闲话家常的邻人和访客，比想像中的还要热络。居家视野若有小小的缺憾，在巨岩峰顶也许都得到了最大的补偿。

彼岸石公园（Contra Costa Rock Park）亲切可人，唯一的一块大石长得温柔敦厚。推来婴儿车的妈妈临时起意，牵着蹒跚学步的小男孩、拎起婴儿车，一路循着粗石台阶往大石峰顶去探访在高处玩起办家家酒来的女儿。

除了在想像世界里忙着摆放餐桌的小女孩外，大石顶上还有一对正在谈天说地的年轻男女，加上年轻妈妈和牙牙学语的小男孩，峰顶的优等座席已经客满，晚到的人只好打了退堂鼓。

洞穴石公园（Grotto Rock Park）里的巨石，则明显带着桀骜不驯的明亮粗犷。初遇擎天巨石，还以为走进了旷野荒郊。灰青色泽石面棱角峥嵘，一副遗世而独立的孤傲模样，让绿荫小树也不敢靠近，只有灌木丛和小草谦卑地依附在边缘，更烘托了巨岩的气焰嚣张。

寂寥的午后，大石附近不见任何徘徊的人影，只有一只从邻家跑来的猫咪无聊地在巨石跟前磨蹭来去。

彼岸石有邻里相交的温馨可人，像展开双臂欢迎游子归来的慈母。洞穴石却像严阵以待的严父，仿如随时可能对你斥喝苛责，令人不敢稍有造次。天地悠悠，洞穴石上登顶的小径更崎岖难行，一种油然而生的荒野孤寂，让人犹如身陷危机重重的莫名威胁。但只要稍一转头，看见一扇扇向着巨石张望的邻家窗口，又给了访客最大的安全感。

这样一处有着邻居守望护卫的矿石公园，也许该注意的，反倒是小心脚下别让粗砺的巨石表面凸隆给绊倒了。

蜘蛛人

八月的午后，伯克利的天空打着浅浅的蓝底，云朵像打翻的粉扑将蓝天擦上绵绵的团团白印。阳光就在厚薄不一的云堆里追逐穿梭，把大地映照得忽明忽暗，将八月向晚的天气搞得热闹喧腾。就像今天的印第安石公园不似往常一般平静，远远就望见山头飘忽的人影，看来这里也是个热闹的午后。

凌空的大石上立着两位手持黄色登山索的女子，其中年纪较长背脊略显佝偻的女士，将套牢在大石上的绳索缠上腰际，便在巨岩斜坡顶端坐定。绳索另一端系着一个看来年轻许多的女孩，两位看似师徒关系的攀岩训练，随即展开令人屏息的冒险时刻。

“慢慢来，别急。试着往左边挪动一点。”印第安石四十五度仰角斜坡上方的年长女士，轻声细语地给徒儿建议。这位头戴棒球帽，身着牛仔裤T恤衫的女士，也许又是某一号伯克利的奇女子，也可能是早年峰峦俱乐部里叱咤风云的人物。看她坐立山头亲授秘诀调教后进，即便不是昔日的故事人物，当下也绝对是位老当益壮的攀岩高手。

年轻女孩像个蜘蛛人，手足四肢黏贴着岩壁缓缓从高处摸索下探。气定神闲的年长女士透过手中稳稳握定的绳索，给了女孩放手一搏的安全感；

不时踌躇停顿的年轻女孩在师傅提点下，步步为营，终于在岩石细缝间找出一条下山的路。女孩攀岩向上的考验还没完结，另一头的冒险故事已经展开。

只见领着一群老少的妈妈来到右侧陡立的岩石前，人往地上一点，便倏一下攀上两三个人高的岩石半中央。除了腰际系着一个装了石灰的粉袋，身上没有任何其他配备。这位母亲徒手攀岩的功夫，让人啧啧称奇。

跟着来的一个大约八九岁的小男孩不让妈妈专美于前，学着大人三两下就攀上了两人高的崖壁，只是接下来便左右支拙了。对于才起步的新手，这片黄金灿灿的岩石肌理对他仍太陌生，刚刚一翻而上的高度，只是初次的运气，真正的挑战看来现在才要开始。

“接下来怎么办？”小男孩向接近峰顶的妈妈求救。另一个才五六岁，腰际间也毫不含糊地系了个圆口小粉袋的小男孩，攀着岩壁一副跃跃欲试的模样，这下看见兄长进退维谷的糗态，调皮地往旁边空地一闪，说他这回先不玩了。

“大男生，你办得到的，快上来吧！”巨岩上头的妈妈给卡在半途的小男孩打气喊话，跟着来玩的朋友带着浓重的欧陆口音，也给男孩加油打气。这时停车晚到的爸爸出现了。他慢条斯理地换好登山鞋，然后翻身而上，眨眼间的工夫已经来到男孩身边。他在男孩耳边说了些话，又沿着周边岩缝试探比画了一番，然后人就自顾自往旁边攀岩去了，把功课留给孩子自己面对。

“这样真的可以吗？”男孩十足的不放心，又问，“从这里摔下去，会不会死？”

“会不会死？”见没人理会，问句又重复了一次。

站在地上的旁观者忍不住噗哧笑了出来。生死攸关的大事开不得玩笑，何况这里未曾设下任何安全措施。只是相对于身手矫健的父母，观众显然对于初生之犊的“怕死”感到天真得可爱。做父亲的又几次来回男孩身边

一家四口徒手攀岩的亲子活动。

面授机宜，总算在巨石上端的蓝空下，映照出父母子三人的剪影。因为小选手的意外插曲，让攀岩的戏码增加了无比的戏剧张力。

经过一番热身演出，一同前来的欧洲友人等到这会儿，也算做足了上场的心理准备。其中一位年轻女孩禁不住父亲的从旁怂恿，沿着一块斜坡凹槽轻松地上到了半山腰。只是接下来该往左边攻顶，还是向右转进，女孩进退两难，开始着慌。

“我不行的。”女孩向岩石下方的父亲哭诉。“你可以的。”紧张的父亲欧洲口音更显浓重，“往左边试试看。”女孩左转右转寻不着出路：“你看吧，我不行的。”声音里开始带着嘤嘤的哭泣。

做父亲的只好转头开始搬救兵：“崔西，你可以过来想个办法吗？”刚刚那位身手利落的妈妈很快来到现场。这回她二话不说先攀岩来到惊慌的女孩身边，然后顺势而上找出一条容易登顶的路径，再回过头来一一指点手足落脚的岩石暗穴。

惊魂未定的女孩一时间仍旧裹足不前，崔西好几次从峰顶重返她身边带着她一步一步摸索。“快呀，加油，你已经离我们很近了。”两个小男孩也从山头不断给女孩鼓舞打气。就在崔西妈妈耐心的引导下，以及两兄弟手舞足蹈夸张的拉拉队伍助阵下，小女孩也成了巨石峰顶蓝空映照下的剪影。

千年印第安石泛着淡淡的奶黄流纹，攀岩者的手是沾了石灰的粉扑，也为巨岩抹上绵绵的团团白印。阳光就在厚薄不一的白印堆里变换光谱，将印第安石映照得灿灿金黄。

魔术空间

两点间最短的距离是直线。为了争取两点间最近的距离，伯克利丘在不同高低海拔的两点间拉出了无数上下游走的线，并沿线开凿出两点相通的小径，成就了散布于起伏山峦的住家邻里间，鸡犬相闻的小路系统。

这些镶嵌于住宅房舍间的羊肠小道，早年多为方便山丘住户上下赶搭行走于主要干道的街车而设，而且多由邻近住户捐输私人土地自行兴造，因此也造就出各个风格特立的小路风貌。

这群在山与屋的纹理空隙间寻找出路的快捷方式，可能是一般寻常的巷弄、一截阶梯、一条泥土小径，或是三者的混生。有的朴拙似村姑，有的华靡如贵妇。有的在时间与空间的流转中，逐渐湮灭于荒烟蔓草间；有的百年不老，在邻里守望相助的呵护下，越益泛发着送往迎来的活力风采。

如果说伯克利丘的邻里小路也有选拔大赛，那么位于伯克利大学校园北门不远处的玫瑰道（Rose Walk），自然是头戴冠冕的人气宠儿。不曲不折的小道，迎着山风朝露，看尽金粉夕照，不论道旁的玫瑰栽不栽，或是栽下的玫瑰开不开，玫瑰红的短墙、旋梯、铺面与屋身，不时粉上你的眼角瞳眸，等你蓦然想起它时，竟是一片粉红的流光记忆。

比较起来，唤作“拉娄玛阶梯”（La Loma Steps）的小路最是讲修门面。石头叠砌的入口立柱，顶头的绿叶藤蔓浓密扎实，一路缠绵到隔邻的围墙和车库屋顶，不仔细分辨，还以为是邻家后花园的一扇门。“ㄣ”型曲径有红砖铺地，曲径转折处有花廊，廊架上有花藤纠葛，廊架下有人捧书阅读。原来静谧的通道不只有过客，也有知音。

如果认真计较，用巴洛克艺术来雕琢古典风貌的果园道（Orchard Lane）则更显出招摇的气势。这处位在校园东南方环景丘（Panoramic Hill）小区的小路，不仅有巴洛克式的雕花高墙和短墙石栏，还有随着地势起伏左右摆款的台阶，十足贵族世家的拘谨和气派。而源自同一入口却向左岔开的青苔木道（Mosswood Lane），却显得一派潇洒自在。

青苔木道临崖一侧有巨大红木为界，双手环抱的粗壮茎干纹路纵深，柔韧绵密的羽叶枝条低垂掩映，细细切碎一地斑斓的光影。山脚边大学校园足球场朝天的碗口就在眼下，落叶缤纷的碎石泥土小径随你漫步其间。这条小路有山野乡绅的大度。小路族群中除了“贵族”和“乡绅”之外，这里还有凶险的邪恶势力家族——山坡陡立，阶梯笔直，百来步台阶一溜直上青天，亚顿阶梯（Arden Steps）就属此例。开步拾级而上之前，最好先掂掂自己的心脏够不够强健。

像这样想要一步登天的小路还处处隐身于山陵丘谷间，像是塔玛帕亚斯小路（Tamalpais Path），名号里不带任何威胁字眼，但一走近跟前，就知道这不是个好惹的家伙，尤其如果是先从高处遇见它。

塔玛帕亚斯路上坐落了不少像是童话故事里的房子，那一天被一栋森林里的魔幻小屋吸引住，于是信步下车在附近品评欣赏了一番，无意间竟遇上了塔玛帕亚斯小路。

马路旁葱茏红木间洞开的一个口，透着明亮的天光，标记着小路的起点。顺着洞口向前张望，苍翠丘谷迎面袭来。层层叠翠的绿，擎举着圣诞树的身影，远近错落的洋房小楼成了圣诞树梢的缀饰。伯克利丘别过脸去和你侧面

果园道以巴洛克艺术雕琢出古典的小路风情。

相对，这一张脸既叫人陌生又让人惊艳，弗叹之余，你跌坐在小路台阶上，看眼前一片森森山林水云，这一刻竟有几分“行到水穷处，坐看云起时”的诗意。还有，眼下这一溜陡立的台阶小路，竟有直下万仞山谷的气魄。

尤克利路上的科多尼斯公园就在伯克利玫瑰花园的对面。公园里有科多尼斯溪水淙淙琤琤的流过，公园北端有条小路不动声色地徘徊在绿荫芳草间。

这条小路先是以两排站岗的绿木掩饰自己的行踪，接着又变身木造小桥跨越溪涧，接下来在一溜扭腰摆臀的蛇行台阶接应下兀自从公园出走，径往林木森森的苍山幽谷间飘然而去。

说是飘然而去，一路走来可不轻松。刚刚公园里温柔羞怯的小路，在荒野丛林间放胆豪迈起来，先是大跨距的层层台阶，然后越走越密，越追越陡。望不见尽头的小路，让人越走越急，越急越喘，而后一溜直上青天的陡立阶梯赫然出现在眼前。走，还是不走？可以回头，但不会甘心愿意。等攀上顶点，回头一望，眼前一片山林水云森森，这不正是你和塔玛帕亚斯小路初出相遇的地方？

当初陡峻阶梯让人踌躇犹疑，不肯就范，没料到塔玛帕亚斯小路转一个方向，换一种姿态，还是在咫尺之外的山麓将你轻易俘掳。因为一条小路，远在天边的魔幻城堡和小桥流水的大众公园有了“剪不断”的牵连。这个意外的发现，让人既惊且叹，空间魔法在你眼前施展着魅惑人的魔障。

其实，塔玛帕亚斯小路并非特例，伯克利丘带有“魔法”的小路可不在少数，时常你所熟悉的两个地点，在特性上风马牛不相及，在空间上看似老死不相往来，但往往因为一条小路的牵绊，联结出了让人目瞪口呆的情节。尤其如果你事先并不知情，就像魔术师从不预告下一秒钟他要变出来的是一只鸽子，还是一只小白兔，更是让人惊呼连连。

位在千橡树小区的印第安小径（Indian Trail）就是这样一条把人唬得团团转，却只能大叹“只是当时已惘然”的魔法时空隧道，尤其它还牵扯出上世纪一段未解的因缘，更令人沉吟至今。

千橡树小区是早年蛮荒火山喷岩最张狂袒露的地方，后来在人类文明的插足下，野石纷纷退场，仅留下经人驯化的“家石”寄人篱下的一片模糊面貌。但就在印第安小径的浓荫里，留住了昔日奥龙尼族印第安人眼中的一石一木。

这条没有太多人工雕凿的小路，野石如地上春笋，百年未经收割，盘根纠结成泥土地上的一片奇葩。千年不死的橡树林——在印第安人的火里幻灭，在橡实抽芽中再生——生生不已地在天地穹苍间为野石搭出帐幕。穿透枝条空隙的阳光，为野石罩上斑斓的光影彩衣，也让行走其间的人不经意地眯起了眼睛。在迷蒙的幻影里，文明迅速奔窜消退，仿佛看见奥龙尼族人在山径间采集橡实，勇士奔走山径追逐野鹿，中箭的野鹿一个踉跄在岩石凹凸的山径间翻滚直落坡底，还来不及查看野鹿的伤势，枝条低掩的橡树林外又一件不明物体“咻”一下闪过，是大马路上疾驰的汽车把你带回现实的文明世界。

时光又回到“未来”，眼前是一片静谧的住宅小区，小路丛丛叠生的石头群，锲而不舍地钻进了隔邻家的庭园，两旁美丽的洋楼不畏坚石兀自挺立。印第安小径底端一尊超过半个人高的瓶瓮，是早年的建筑名家梅贝克（Bernard Maybeck）为小区设计的入口意象，只是橡树四出横生的枝干，不仅喧宾夺主地让瓶瓮褪色成历史的标记，更绵绵密密地织结成绿荫华冠，先是覆盖了与小路垂直相交的人行道，然后再蔓延倾倒成绿色帘幔，把行走车辆的马路隔离在浓稠的叶片之外。

位于印第安小径端底的瓶瓮。

橡木枝条帘幔外的马路若隐若现，只有偶一奔驰而过的汽车载着流光闪逝。四下一片静寂，印第安族灵歌已经飘然远逝，晶亮的阳光无声无息地照着橡树林里的每一桩秘密，装满一整世纪秘密的瓶瓮亦岿然不动，守口如瓶。这里是昔日新移民小区的起点，也是印第安小径百年足迹的句点。

后来再与印第安小径相逢，就在几周后的北伯克利流纹岩小区导览。参观的队伍在绕行过大半个千橡树小区后，终于来到一条熟悉的路上——阿拉米达路（The Alameda）。算算也是上个世纪的往事了，初到小城的第一年寄宿了大半年的地址，顺着山势建造的一栋三层楼高浅鹅黄色洋房，就坐落在队伍右前方不远处。

夕阳西斜，参观行程将近尾声，带头的领队说："带你们去看一条最让我心仪的小路——印第安小径。"他边说边走，边走边朝以前旧居的方向移动。"怎么可能？"一阵狐疑，问号像泡泡一样从心底冒了上来。随着鹅黄色洋房越来越近，泡泡也越胀越大，当一行人从洋房对街的人行道钻进枝丫绵密低斜的橡树林，泡泡更饱胀到了最高声势；就在那尊超过半个人高的瓶瓮映入眼帘的瞬间，泡泡顿时破灭，顺势打翻了一瓶瓮的猜忌、怀疑、不可置信，让人五味杂陈。

这样说来，上个世纪的某一段时光，每当踏出鹅黄色洋房底楼的住处，顺着花园台阶一路往庭园大门拾级而上的同时，也正朝着印第安小径的方向迈步前进，只是总在大门尽头的人行道上向右转身，从来不曾跨越马路衔接上这道空间的缺口。如此的浑然无知让这道缺口悬疑多时，而且轻易就翻越了世纪的边界线，成了世纪之谜。

两点间最短的距离是直线，几乎同在一条直线的印第安小径和鹅黄色洋房，却让游移其间的人花了漫长的时间才串连起两个点。原来两点之间要彼此有了牵绊，最近的距离才有意义。

伯克利小城一共登载了一百三十六条小路，条条小路通大道，就看你从哪里来，要往哪里去。

伯克利美人

“伯克利美人”是一株玫瑰的名字。

每年春天一到，伯克利玫瑰花园（Berkeley Rose Garden）里便迫不及待地揭露今年流行的春色，红的、黄的、粉白、淡紫、艳橘……各种颜色纷纷从饱满的花苞里迸裂出来，宣告又一个粉彩国度的登场。这里距离伯克利校园北门不到十分钟的车程，是伯克利人最奢华的后花园。

玫瑰花园坐落在向海的科多尼斯溪谷（Codornices Creek）间，顺着陡立的坡谷地形雕砌成三分之一圆的希腊剧场，千百株玫瑰娇客便依着颜色密码，在层层阶梯间依序迤逦开来。从最上层的深红、赭红递变成粉红，再辗转到下一阶的橙黄、金黄到鹅黄。花色由深渐浅，一路直下谷底的白玫瑰群落。

大半年里，玫瑰的绿色灌木丛在苍翠山谷间，静静撷取天地精华，只等春天一到，便以惊人的灿烂缀满整座山谷。花色缤纷烂漫的玫瑰家族，在层层叠翠的希腊剧场舞台，要上演一整季慑人心魄的好戏。

这里是伯克利最受喜爱的城市地标，自 1937 年开园以来，每年春天总是吸引无数的湾区居民来此探访花踪。有人说，北加州首屈一指的玫瑰园，就属伯克利玫瑰花园。

隐身山谷间的玫瑰花园，先是用一块斗大的标示牌和半圆观景平台迎接访客，接着又远远招来时而水天蔚蓝、时而灰翳氤氲的旧金山湾作为舞台衬景，然后才以层次剪裁分明如新娘的曳地裙裾、又像挤了各色奶油花边的塔楼蛋糕的华丽全貌登场。一开场便毫无矫饰、毫不隐瞒地全盘托出幽谷玫瑰的芳踪，只用颜色与芬芳召唤着居高临下的访客走近亲尝。

这一片由谷底如涟漪水纹般荡漾扩散的花海里，一共簇拥了三千多株二百五十多种玫瑰，除了来自世界各地馈赠的名品玫瑰外，还有全美玫瑰协会每年赛会的冠军品种。一地里琳琅满目的花名，又是一番引人遐思的绮丽世界，有的像是借用了皇家身世地位：琥珀皇后、黑王子、大主教；有的要与日月星辰争辉：红色行星、黄昏之星、芬芳云彩；有的以情绪出发：感伤、不耐烦、双重欢欣、强迫演出……各种名称纷纷出笼。

有些前后排列唱名，仿如一句新诗，像是“甜心十六，天使脸孔，大胆，禁忌”。还有这句“天鹅绒，约瑟夫的外套，薰衣草梦”。想加一点异国情调，那就选择：波斯黄、奥地利铜、利物浦回音。人名一样可以进行收编，像是法国卡地亚（法国航海家）、毕加索和格雷厄姆·托马斯（英国化学家）。

若要以颜色取胜，那非得橘色和黄色兼具的皇家落日莫属。白色黎明的白，要是白得还不够彻底，那就非要冰山来代替不可，只是千万别错找了艳红的珍贵白金。不管颜色花样如何，理当不能错过的，还有号称最芬芳的玫瑰——米兰爸爸，以及本地绝色的伯克利美人。如果这一切还不能满足你的疯狂想像力，那最后只能试试罗马假日。

不过罗马假日并非一蹴可及，不吝惜以全貌示人的幽谷玫瑰，而在周边围上了密密的铁丝围篱，仿佛艳丽的玫瑰生出了不友善的利刺。原来玫瑰除了人人爱之外，也吸引了在附近山谷出没的野鹿前来觅食。为了防范野鹿侵扰，由当地居民组成的伯克利玫瑰花园之友会（Friends of the Berkeley Rose Garden）在花园四周竖起了将近两人高的铁丝围篱，好让玫瑰巨星免遭粉丝骚扰，只为懂得怜香惜玉的知音尽情演出。

玫瑰娇客以希腊剧场为舞台，气势不凡。

除了满植玫瑰的山谷，花园北侧还有野餐桌椅及四座网球场。球场里不时传来的欢语声，让气质飘逸的典雅花园，多了邻家后院的亲切感。环绕山谷周边的景观径道，提供游人不同的视野体验。花园剧场顶层用红木搭出的花架廊道，有些让玫瑰藤蔓密密缠绵成绣花织锦，怒放的繁花擎天高举，不胜负荷的，便又慵懒垂下成了织花帘幔。周末假日许多户外餐会，就在浓花绿荫的玫瑰花架下举行。

海风习习的蔚蓝天，花天使与花精灵环绕祝福的剧场上，身着白纱礼服的新娘挽着今生为伴的新郎，当真成了塔楼蛋糕上的一对碧玉佳人。玫瑰花园是举行婚礼的热门地点，除了传统隆重的结婚仪式，偶尔也会巧遇脱俗的另类婚礼。

一个光影斑斓的夏日傍晚，Marcia 和 Michelle 的婚宴就在红木枝丫低垂的野餐桌上张罗开来。一身日常便服的六七个年轻人围坐野餐桌前，桌上几罐饮品和餐点，就这样简简单单在玫瑰花神的见证下结为同性连理。别问我这路人如何探知新人芳名，因为写着“Marcia & Michelle’s Wedding”（玛西亚和米歇尔的婚礼）的一块纸板，就钉在铁丝围篱门边指引到贺的朋友。

不知经过怎样的转折，隐身剧场背后的科多尼斯溪在谷底平台下再度现身，淙琤的水声为玫瑰剧场适时增添了大自然的清音。有花为伴、有水成音，悠游于幽谷花园的访客多年来在这儿赏花、赏景、冥想、阅读、看日落。过去只要旧金山湾迷雾消散的时候，从玫瑰花园的山坳树杪间，总可望见金门大桥的绯红身影。只是近年来谷地周边的橡树、香枫、白杨木及落羽松，一年比一年拔高，把看海的视野高度也一路往高处推升。

玫瑰花园从第一个花苞在暮春三月露脸后，便一路盛放到五月，更在五月份的母亲节前后达到最高峰。只要大门开启，这片繁花似锦的后花园总有流连不散的访客。因为不论是露珠吐泌的晨曦里，或是花瓣洒着金粉的日落时分，希腊剧场上演的这出玫瑰大戏，时刻让人惊叹叫好。

如果你错过了今年的花季，别忘了明年一定要到科多尼斯幽谷，看一回“伯克利美人”。

鹌鹑谷里的天使

伯克利小城也许住了不少奇怪的大人，但这里却有更多可爱的小天使。

这群小天使在大人的呵护下，不时出现在热闹大街上、在公园绿树芳草间的儿童游戏场、在咖啡餐馆、在农大市场……就连伯克利大学校园里，都不时会遇见一簇簇的小萝卜头，欢天喜地地在进行户外教学。

当全球少子化已成趋势，小城里却有人在努力生养小孩。对这些热热闹闹来报到的小主人翁，小城也贴心地在各个邻里间布置了孩童游戏场。想给孩子一个快乐的童年，当个尽职的、陪小孩玩耍的父母，自然不能错过鹌鹑谷（Valley of the Quails）里的科多尼斯公园（Codornices Park）。

科多尼斯公园就位在伯克利玫瑰花园的对面，公园里有科多尼斯溪的一弯清浅静静流过。溪流旁布置有野餐桌椅，再外环则是一连串的儿童游戏场。游戏场里的游具尺寸一个比一个大，一看就知道是为不同年龄层的孩子所设计。

如果你家的孩子才蹒跚学步，那么围了铁丝围篱的游戏场最适合他们。这里头有一列小火车，有柔软的沙，时常看见一伙儿年轻的妈妈们聚拢围坐聊天，孩子就在身边自由活动。围篱已经设下安全防范，不怕孩子随意走失，也不担心突然出现热情的狗儿惊吓了小人儿。

S 型滑梯惊险刺激，颇受小朋友喜爱。

围篱外的游戏场，专为满足已经懂得发表己见的小萝卜头。低矮的单杠可以表现日渐茁壮的气力，高高低低的跨步桥可以展演胆识和勇气，小萝卜头更以喜新厌旧来证明自己已经长大。对于已有自我主张的小朋友来说，也不担心这儿没有玩耍取乐和大显身手的表演场。童心未泯的大人也可以坐上秋千，摆荡回味一下自己已经远逝的童年。

如果不反对小孩玩点刺激的游戏，游戏场后方斜坡上的一株橡树旁，倚着坡地走势盘桓了一溜 S 型滑梯。先由橡树右边台阶步步登高，再从橡树左侧一溜而下。有经验的孩子不忘在屁股下面垫一块纸板，好让刺激加倍。

于是迎风下滑的小毛头各个惊声尖叫，一旁守望的父母则借机训练强健的心脏。谁说好玩的游具只在迪斯尼乐园才有。

也许你家的孩子早已过了与游具为伴的年纪，那么血气方刚的青少年也许有兴趣在篮球场上和友伴玩一回“斗牛”。要是今天不想碰篮球，公园南面绿树环绕的棒球场还提供了另样的选择。不论是下场挥棒，或是在场外观赛，这项老少咸宜的户外活动，总算把大大小小所有访客一网打尽。

平常上班上学的日子，科多尼斯公园的访客多半是学龄前的孩童。只是一到周末假日，如果又逢阳光煦暖的日子，鹌鹑谷里远远近近都是踏青的人影。

一眼望去，一簇一簇的红男绿女、老老少少，仿佛漫溢的洪流在绿荫幽谷间泛滥。只是细细观察，又不难推敲出他们其实各拥势力范围，彼此平和地静静分享着这片青青草地。

年轻的男女学生独占了溪畔的野餐桌椅，正在进行交友联谊。色彩缤纷的充气城堡和几把朝天开绽的白色遮阳伞，就布置在绿茵草坪中央，倾巢而出的邻里社团今天选在这里办活动。携来稚童和野餐篮的年轻爸妈，在斜坡草地上摊开一地的饮食以及孩子的尿片湿巾道具，这一天是宝贵的亲子时间，也是友朋之间彼此交换“育儿经”的成长营。

儿童游戏场里有小萝卜头在沙堆里嬉戏，荡秋千的小毛头要大人把他推得更接近天空，有点年纪的老爸爸在给小女儿拉跳绳，牙牙学语的小女孩学鸵鸟一样倒栽葱。小孩们自得其乐，看的人也会心一笑，只是瘫坐草地歇息的小伙子，眼里偷瞄的却是身边经过的年轻女孩。

天空油亮的五月天，科多尼斯公园里人声如流水潺潺，对街希腊剧场里的玫瑰花园花色正浓，花影人影如水纹漫漫，只是多了从中作梗的尤克利路（Euclid Ave），一脉溪水相连的两座公园从此狭路不再相逢，就像系在马鞍上的左右两个囊袋，分别坠向高耸的马背两端，各自当家，也各展风华。

还好当初鹌鹑谷堆填出来的尤克利路，在马路下方修造了一条步行隧道，也留住了东西连通的一缕血脉。先学武陵人找到桃花源的入口，鹌鹑谷里绚烂的玫瑰花神，又或许是天真烂漫的小天使，自会在天光乍亮的洞口迎接你。

附记：科多尼斯公园过去由专人设计打造的好玩游具，可惜近年来已逐渐由拼装式的“型录游具”所取代。

波西米亚聚落

引借山峰之名用作街名，坐落北伯克利丘塔玛帕亚斯路（Tamalpais St）和夏斯塔路（Shasta St）上的邻里小区，已明确标示出这里的与众不同。

将近一百多年前，位于科多尼斯溪谷之上，坐拥老树苍林的山谷间，在绿意绵密的枝丫掩映里，隐隐透出一栋栋艺术气息的住家，各自以独特自我风格展现着“与自然共生”哲学拥护者的面貌。如果说这里是以守护伯克利丘建筑发展为志向的山边俱乐部（Hillside Club）努力多年有成的环境结晶，应该也算名副其实。

从 19 世纪末期开始，正当伯克利丘面临大规模开发建造之际，关心伯克利长远发展的山边俱乐部，在伯克利大学教授、建筑师等专业人士协助下，为伯克利丘的开筑订下了缜密的原则。这些先行者的苦心孤诣总算没有白费，塔玛帕亚斯路和夏斯塔路上的建筑发展，正如实反映了与自然共生的理念精髓，也因而保留了伯克利丘如初动人的自然风貌。

这里的建筑风格朴素踏实，用料崇尚简单和自然。大多数人都摒弃拔地而起的高楼房舍，一般式样的平房建筑有着宽广外延的屋檐和门廊，正好作为户外的交谊沙龙。更重要的是，这里的道路沿着自然地形开凿，让开发对环境的破坏降到最低，这当然也和当时地产开发商的态度息息相关。

何其有幸，当年主导伯克利开发公司的灵魂人物麦克达菲正是个大自然的爱好者。身为峰峦俱乐部的成员，加上每年夏天在西亚拉山脉（High Sierra）的健走，修炼了他爱护大自然的宽广襟怀。建造“伯克利最美丽的高地住宅公园”，成为麦克达菲在此从事小区建设的理想和标语。

也许是这样特殊的环境布局，塔玛帕亚斯—夏斯塔一带，吸引来了一群波西米亚风的伯克利人进驻。高地住宅公园成了一群艺术家、心灵追求者和心怀保育观念的伯克利人，在未经雕琢的自然美地上，为自己建造简单家园的理想梦境。他们以“拥抱野草坡地和绿荫山谷”为使命，就连引借山峰之名用作路名的街道命名，也不只是为了反映当地坡峦起伏的地形特色，更是作为山边俱乐部拥戴者的具体杰作。塔玛帕亚斯山（Mt. Tamalpais）位在金门大桥北侧的马连郡（Marin County），是早年伯克利人周末登山看海喜欢前往的踏青野营胜地。夏斯塔山（Mt. Shasta）则是加州北境终年白雪盖头的火山峰顶，也是早期加州流行的写生题材。当时以加入峰峦俱乐部为潮流时尚的伯克利人，家中壁炉上方最常悬挂的画作，若不是出自画家手下白雪敷天的夏斯塔山景，便是家人或亲朋好友笔下的夏斯塔写真，当然其中亦不乏自家主人的手绘真迹。这些环境意识强烈的居民，不仅敞开胸怀享受自然，更是爱护自然及保护自然的身体力行者。引借山峰之名用作路名，便是自然的心灵反映与期许。

在悠悠的山居岁月中，塔玛帕亚斯—夏斯塔路上的居民彼此相濡以沫，陶养出紧密相连的邻里关系。许多家族更是就此落地生根，一旦进驻便不再迁出，传承已过三四个世代的原始住户，在此亦不算稀奇。

百年岁月如江水漂月，塔玛帕亚斯—夏斯塔路上特殊的建筑风格以及浪漫的住家环境依稀留存，只是当初区区一万三千人左右的小镇，在伯克利改制为市后，人口快速攀升为四万，近年更已突破十万大关。昔日绿荫山谷间塔玛帕亚斯—夏斯塔道上，夜里零星亮起的几点孤星，在聚落的漂移流转间，已连串成夜空下一带星光熠熠的蜿蜒银河。

夏斯塔路上的建筑风格崇尚简单自然。

多年来波西米亚风披靡如遗世独立般的聚落，也为膨胀的小城分摊吸纳了不少新移民。于是在盘桓攀高的山路两旁，建筑房舍填满了所有可以立基插足的空隙。看似山穷水尽疑无路之境，从旁开出一道岔路，让房子学着悬崖绿木，贴着陡坡一路擎空开枝展叶，于是又一片花红柳绿的山村聚落镶嵌在山崖壁画上，展演着高空特技下的现代建筑奇观。山边俱乐部当初的苦心，终究还是不敌人口爆炸压力下的现实，人们能够拥抱的野草坡地和绿荫山谷，也早已不可同日而语。

所幸塔玛帕亚斯—夏斯塔小区遗风犹存，只是现今这里吸引来的居民，除了画家、音乐家、建筑师、作家、诗人、独立女性以及大学教授外，亦不乏商业人士以及任何向往波西米亚风的一般普罗大众。小区氛围固然是重要的住家考虑，不过日日可以面对旧金山湾海景和金门大桥的朝夕风华，或许更是吸引人们追逐上山的理由。

其实也是身处别人眼中山岚氤氲的伯克利丘图画里的山中居民，每天向着住家方向，顺着山道海拔缓缓爬升，终于没入云雾缭绕的山居家园。刚刚从平地上望见的云朵，此刻化作身边的迷雾，当下分明是山雨空濛的阴晴不定，远处风帆点点的海湾上却是晴空如洗。也许是这样的自然环境蕴藉，更界离出这里陶然独立而又自成一方的小区风格。

塔玛帕亚斯—夏斯塔道上不为现代车辆设计的山路原本就窄，在汽车当道的年代，几辆路边停车，更让道路空间显得局促。出入车辆迎面交会，总有一方必须靠边让道。也许是这样贴心的礼让，也许是短暂而温馨的四目交会，拉近了山居住民彼此间的距离。从过去理念相合、共同建造邻里的初始居民，到现今家居岁月紧密连接的新世代，一点一滴传承延续着波西米亚聚落的风范。

不论是否因为新世代的加入，让这里有了新的面貌，抑或是这里的波西米亚风情，在时代的转折交替间，正重新拿捏调配新的浓度，伯克利人谈起波西米亚聚落，依旧齐齐指向引借山峰之名用作街名的塔玛帕亚斯—夏斯塔小区。

小熊喷泉再现踪影

走在北伯克利区一带，车子开着开着居然接上了洛杉矶路（Los Angeles Ave）。耳熟能详的千万人口大都会名称，出现在十万人出头的小城路标上，让人有种唐突的感觉。

更可疑的是，看来这并非单一事件。车子再往南行，酒国之乡纳帕（Napa）、海岸渡假名城蒙特利（Monterey）、加州中央谷地大郡弗莱斯诺（Fresno），这些横走的螃蟹文全都爬上了路边银杆顶端的绿底路名标示牌。一向标榜特立独行领航世界的伯克利人，这回怎么谦卑地引借了加州名城大郡的称号来作路名？更引人注意的是，这些引用外来名号的街道，都绕着有个圆形喷泉的马连圆环（Marin Circle）附近打转。

北伯克利丘在20世纪初建造之时，受到“与自然共生”建筑理念的影响，市街道路多沿着自然地形蜿蜒盘桓，其中为了联结与衔接上的便利，亦偶有几条道路以直线穿越陡坡的方式辟建。急升和陡降的旧金山式街道风格，在这小城反成了特例，马连路（Marin Ave）便是此间的代表。

马连路往东过了马连圆环后，道路成30度以上仰角爬坡，更加深马连圆环作为路况转折地标的意义。尤其是除了马连路之外，阿灵顿路（Arlington Ave）、洛杉矶路、德诺提街（Del Norte St）、苏特街（Sutter St）

以及曼德斯诺路（Mendocino Ave）都在此交会，马连圆环成了北伯克利区车流不歇的交通枢纽。至于那些引借了加州名城大郡称号的路名为何都集中在这一带，故事的原委得追溯到100年前的往事。

原来早在20世纪初期，正当北伯克利区大举开发住宅小区之际，当时的地产开发商一度想趁此良机游说州政府将加州首府由萨克拉门托（Sacramento）迁移至伯克利市。为了达成这项目标，当时以麦克达菲（Duncan McDuffie）为首的开发商特别捐赠了马连圆环附近大约17公顷的土地。为展现伯克利市未来作为一州之首的雍容大度，又将附近街道以加州郡县名称来命名，于是在马连圆环周边联结着洛杉矶路、曼德斯诺路，加上南面不远处的那帕路之外，向西的马连路上又牵引出蒙特利路、弗莱斯诺路及科罗莎路（Colusa Ave）。

对于戮力想达成使命的地产商来说，光是捐地、街道命名显然还不够，于是又请来当时伯克利校园的建筑总顾问霍华德（John G. Howard）来为马连圆环设计喷泉地标。在这群游说团体的想像中，这座出自名家手下散发着巴洛克华丽风采、四周又以小熊雕塑来镶衬表彰加州意涵的喷水池，将是未来人们进入加州首府——伯克利市的重要入口意象。

紧锣密鼓的筹备工作在1907年前后达到了最高峰，当时伯克利城里乐观其成的掌声虽然不少，但抱持怀疑和反对态度的也大有人在，甚至有人直言不讳地说，这不过是地产开发商促销房市的噱头。

不论这是远大的城市计划，抑或只是地产商私心自用的开发手法，1908年加州议会传来否决的消息，让小城里云烟未定的争议一时间烟消雾散，也让一切的努力仿如在瞬间都化作了灰烬。地产开发商眼里的彩色泡沫确实幻灭了，但他们的付出却为小城留下了马连圆环上不断喷涌着水花的珍贵建筑景观遗产。

其实，这座以4只小熊雕像环绕装饰的圆形喷泉也有着一段沧桑的身世。对于1958年到1996年期间驻居往来于小城的人来说，马连圆环上从来

马连圆环的小熊喷泉，一度是预想中的加州首府——伯克利市的入口意象。

不曾出现过小熊的踪影，遑论知其为登载有案的重要城市地标。

原来小熊喷泉在 1958 年发生了一场严重的车祸，一辆从陡直的马连路直冲而下的失控卡车将其撞得面目全非。于是将近有 40 年的岁月，马连圆环轴心独留一片空地，原有的重要文化遗产完全消失无踪。一直到 90 年代中期，在一群热心市民的募款重建下，圆形喷泉才又以不断喷涌的水花，慰藉过往的车辆和行人。

重新露脸复出的喷泉水池依旧是早年霍华德笔下的设计原样，只是当初制作小熊的雕塑家故人已远，改由当代艺术家接手。失而复得的小熊喷泉如今备受居民宠爱，除了定期的清扫整理维护外，每逢圣诞佳节，喷泉附近不但张灯结彩，小熊身上更是穿红戴绿，喜气一片。

奇迹似重生的小熊在阔别小城40年后，又再度坚守岗位守望着由四面驱车前来马连圆环交会的车潮。为了回报那些让它们起死回生的市民，小熊这回将会更坚定地站在雨帘下，为那些只知道洛杉矶、却不清楚洛杉矶路的由来，或从洛杉矶路过来、却不知道喷泉小熊身世的路人与过客，继续讲述这段小城的百年轶事。

3

滨海乐活篇

赛龙舟

周六的早晨，悠闲地在伯克利码头一带游荡。沿着船坞旁的小径漫步，这时瞥见平日大门深锁的游艇码头上居然挤了十七八个人，看来正准备登船出航。

最初以为他们是要搭乘游艇出海，结果却鱼贯登上了一艘身形狭长、船尾拖着一条看似龙尾装饰的船只。正纳闷着，目光游移至船身“Dragon Max”的字号上，这才恍然大悟。原来是龙舟，难怪一行人每人手上一把桨，龙巨协会（Dragon Max Organization）正在进行每周六上午的例行操演。

根据协会的规定，任何人都可以免费参加龙舟体验三次，之后如果决定留下来继续练习，每年只要交美金一百元。其他固定的练习时间，是每周一和周三的下午六点。

今天的奇遇，让我毫无心理准备。现在就上场呢？还是下次再来？一时间拿不定主意。

准备就绪的船队，在舵手教练的指挥下，慢慢滑进了水道，在船桨齐力划拨下，不一会便消失在我眼前。

在好奇心的驱使下，星期一龙舟练习的时间一到，我也准时到了现场。老实说，原来只是打算来看热闹，人站在岸边，手里捧着相机，准备随时捕捉精彩镜头。

队员登船坐定，龙舟缓缓向后划出。立在船尾的舵手教练看见站在岸边的我，几乎在同一时间向我喊了过来：“加入我们一起划船吧！”他双手掌着舵桨，又说：“保证你在船上拍到的画面更精彩。”我笑而未答，心想船都开了，怎么跳船呢？这时教练朝船坞入口另一头的方向比了比：“另一艘船马上就要出发，快上船吧。”

原来在栈桥遮蔽的另一边，还有艘整装待发的船。就这样，在好奇心的使唤下，几乎是以迅雷不及掩耳的速度，我赶上了另一艘龙舟。

作为龙的传人，从小过端午，吃粽子，读屈原，可是从来不曾划过龙舟。因缘际会，今朝竟在西方水域，生平头一遭上了龙船。这艘龙头造型带着西方神韵的舟只，接下来要带我经历如何的水上旅程，让人满怀期待。

龙舟先是在船坞的水道间来回穿梭练习。这处拥有一千多艘船只容量的游艇码头，平日由周边陆地看去，几乎都让一艘艘桅杆耸天的船只塞爆。没想到龙舟滑入水道间，四方水域豁然开朗，操兵演练的戏码就在其间摆开阵势。

教练一声令下，龙舟在水面上快速驰骋了起来。教练下令喊停，队员纷纷逆流下桨，挑出水花，作出标准“煞”船动作。龙舟便这样忽急忽徐，在码头航道间操演各种招式。在总教头的调度指挥下，两艘龙舟在水面间亦步亦趋，如影随形，既相互观摩也彼此照应。

海上风云，瞬息万变。刚刚白云舒展的蓝天，转眼间风起云走，乌云卷天袭地而来，压抑不住的几道光芒，便张狂地在水面上金金粉粉的荡漾开来。船桨撩拨下溅起的水花，沾染着光的金粉，也带着水的冰凉，一下又一下泼上龙舟选手的衣袖，一习海风过处，人不禁冷得打起了哆嗦。云和风连手操演，作弄得阳光忽明忽灭，大地也忽晴忽阴。

行进间，教练偶尔也将船只带离船坞区，往海湾防波堤的方向靠近。防波堤后水波不兴，是一片平静的大水，但波堤尽处，浪涛急速翻涌。之前

船坞水道间成了龙舟练习场。

海上风云骤变，划桨挑起冰凉的水花。

远从岸上观望，看不清这里原来暗潮潜伏，波浪急速更迭。船只不曾多作停留，便又掉头转回水道间。

两艘船各自来回练习了约摸30分钟，算是完成热身，这时总教练指挥两只龙舟靠拢，经调度互换几个队员后，船只再次分开，接下来便要进行快速竞逐演练技巧。

看我近身的友队举桨、放桨、划水，力道十足，动作划一，认真投入的态度，让人刮目相看。看来我得收起做客心态，全力以赴。

教练一声令下，船桨向后划出，两艘船箭一齐射出。虽然没有奖杯可夺，但为了争取荣誉，队员无不卯足全力，埋首划桨，朝总舵手指定的前方目标奋力接近。龙舟一过终点线，两方人马纷纷欢呼自己旗开得胜。船身差距太小，又乏旁观者作仲裁，双方都大方宣称自己是赢家。

这样来来去去，又操兵演练了好几回。不论输赢，终点在线总是一阵欢呼，两方人马彼此揶揄嘲弄，有人冷不防还朝对方泼水，好不热闹。原来他们都是一群相识多年的老战友。

目前拥有60多位会员的龙巨协会，除了每周在伯克利海滨的例行练习外，每年也派队参加美国各地举办的龙舟赛。国际赛事除了温哥华之外，有些队员还远征过中国。

最初眼中的休闲船队，原来还是一支四处征战的龙舟队伍，难怪各个队员一副努力拼搏的态度。

下回经过伯克利码头，别忘了来拜会这一群说是业余，却是专注到不行的龙舟划手。

水上长廊

位在大学大道路底的伯克利海堤（Berkeley Pier），仿如由伯克利码头抽出的一把长刃，对准了金门大桥的心脏，笔直伸出。

昔日有夸父追日，这条长长的海堤仿佛是给人追逐金门大桥而设，这里是伯克利最接近金门大桥的所在。只可惜它毕竟不是牛郎织女的鹊桥，金门大桥终究是长堤上可望不可及的梦想。也许是隔着不可逾越的距离，落日蒸霞时分的金门大桥，永远给人入目动心的惊叹。

尽管海滨之行已经不可计数，还是让周六一大清早海堤上一片黑压压的人群给震慑住了。

过去这里总有熙来攘往的游人，三三两两或是倚着栏杆眺望海湾大桥（Bay Bridge），或是朝着对岸火柴盒般大小的旧金山市容指指点点，也可能只是毫无目的地四下漫步，吹吹海风。当然不时也有三两个钓客提着钓竿，向着大海试探手气。但无论如何，就是从来不曾见过海堤上同时出现这么多人。

一大清早走向这条再熟悉不过，但今天却有点陌生的水上长廊，感觉像是无意间闯进了没有收到邀请函的盛大派对。

这里仿如在进行着某种秘密集会的海上盛事，一支支钓竿像站岗的卫

伯克利海堤原本计划一路延伸到金门大桥。

兵，沿着海堤栏杆一字列队排开。钓竿前一双双专注的眼神，只等钓索一有个风吹草动，便急急俯身向前，往黝深的海里探看鱼儿的踪迹。

这下终于知道是怎么回事了，同时也看清楚了黑压压的人群底下，一张张清晰的东方面孔。这些来自亚洲国家的少数族裔，平日里隐身在都市的各个角落，今天却是海堤上九成以上的多数。

这群钓客或是三五好友结伴，或是合家光临，其中亦不乏独行侠。不管人数多寡，用钓竿标示出来的各个势力范围内，都放置了各项完整的配备——休息用的折叠座椅、准备随时更换用的新鲜鱼饵，讲究一点的还装了气泵，力保鱼饵活蹦乱跳。另外，迎接上钩的大鱼不可少的捞网、水桶，保存新鲜渔获的冰箱……有人更是预备了齐全的食物补给，准备消磨上一整天的时光，守在这里认真地等待鱼儿上钩。

伯克利海堤全长约四公里，是全湾区、也是全加州最长的海堤，不过目前只开放前段的九百米供一般大众使用。由于交通方便，设备齐全，又有从金门大桥涌入的太平洋流带来的丰富鱼群，加上位居罗迪欧－奥克兰－海沃德（Rodeo － Oakland － Hayward）三大人口聚居地的交会点上，伯克利海堤在湾区一带受钓客欢迎的程度，几乎年年名列前茅。

一般来说，一月到三月，是垂钓鲈鱼和斑点比目鱼的最佳时机。夏天到秋天，则是银汉鱼、加州比目鱼和石斑鱼的黄金季节。星鲨、豹鲨和鹞鱼，几乎终年不绝。不管个人手气如何，伯克利海堤上每年总有好手钓到重达六十公斤以上的比目鱼，或是百来公斤的石斑或鲟鱼的佳绩传出。

对于初来乍到的新手，这片海域并不特别宽厚仁慈，总是空手而回的时候居多。不过蛰伏长堤饱览了一整天的金门大桥和旧金山湾美景，也算充分利用周末好好养精蓄锐了一番。对于出席海上盛会的许多人来说，与家人朋友长时间聚首一处固守钓竿，也算是最佳的亲友团聚及朋友相会。运气好一点的，有渔获的加持助阵，算是为这一天的海上捕猎行动画上完美的句点。万一手气不佳，未获鱼儿青睐，亲朋好友间经过一整天的患难与共培养出来的革命情感，更鼓舞着彼此相约下回再来试试手气。

过去只爱羡日暮绯红云彩下的金门大桥，所以也只认识日落时分的海堤。见识过周末假日的盛况，才发觉碧波荡漾下的海堤上原来也有四季。在春花秋月的季节变换间，海洋的鱼群在迁徙，也牵动着堤上钓客的来去。在日升与月落的召唤下，在潮来潮往的海洋律动中，更递换着鱼群和渔夫海上交会的时辰，就像海堤上不时替换着不同目的的访客。

游艇码头可容纳一千多艘船只。

风帆好手返航上岸。

海上乐活

每逢假日，旧金山湾的海面上总是帆影点点，把美丽的湾区景致点缀得更加鲜活动人。从伯克利船坞里泊满游艇及船只的盛况来看，不难想见，伯克利码头的水上休闲活动，同样热闹非凡。

每天中午过后，伯克利码头面向湾区大桥的海面上，风帆的数目便逐渐多了起来。好手们熟练地让帆面与海风对话，牵引着自己在水面上来去自如。各色风帆在海上交织穿梭，看的人也不禁心情畅快起来，心想要是再年轻几岁，一定也要亲尝迎风踏浪的快感。

大约三四点钟，点点风帆开始朝码头的方向聚拢，好手们利落地拆卸风帆上岸。这时候顶着厚重的风帆板迎面走来的，是位年过半百的女士，狭窄的码头栈桥，我赶紧侧身让路。后头紧接着又一位身着潜水劲装、刚从水里上岸的中年女性，带着一脸的疲惫和满足从我身边走过。接下来鱼贯上岸的，更不乏祖父级人士。看来要不要加入海上活动的行列，在这儿实在很难拿年龄来当借口。

对于鲜有海上活动经验的初学者来说，位于伯克利码头南侧的伯克利加大帆船俱乐部（Cal Sailing Club），应该是入门的极佳选择。

伯克利加大帆船俱乐部是个非营利组织，虽然以“伯克利加大”为名，实际上与伯克利校方并无任何隶属关系。俱乐部成立的宗旨，是希望提供大众一个不需要花太多金钱，就可以享受海上活动的机会，会费一季美金60元（学生55元），年费200元，比起一般的训练班，的确便宜许多。在有效会期内，会员可以无限次数参与各项课程与活动，同时可以免费出借帆船进行各种娱乐、巡航或竞赛。资深会员还可以邀请非会员的朋友，一同享受出航的乐趣。

基本上，这里的帆船和风帆训练课程，都是由会员义工担任教练。在俱乐部后方的空地上，经常可以看见资深老手在为新学员进行风帆的陆上教学。教练站在底部固定的风帆板上，以各种拆解和示范动作，详细解说风帆的各项操控技巧，接着由学员进行模拟操演。掌握好几个基本诀窍，便可以正式进行海上演练。

至于帆船的训练，在完成陆上基本教学后，教练和学员便移师停泊在岸边的船只，进行初步成果验收。这时岸上的教练一个口令，水中帆船上的学员便一个动作。如此反复练习，待基本动作都上手后，便可扬帆出海进入下一个阶段的学习。一般来说，对于毫无经验的新手，大约经过10到15次的课程调教，便可以顺利通过资格考试。一等拿到证书，就可以独立掌舵出航了。

此外，属于伯克利大学私产的加大水岸中心（UC Aquatic Center），就和伯克利加大帆船俱乐部比邻而居。由伯克利校方在此经营的伯克利加大冒险中心（Cal Adventures），也提供帆船和风帆的训练课程。也许是标榜专职教练指导，价格也相对高得出奇，两个周末共16个小时的帆船课程，一般会员收费145美元，非会员则要价185美元，唯一吃香的大概只有在校生，每学期只要交10块钱，所有项目随你玩。

对于有志学习海上独木舟的人来说，除了地点位于80 / 580号高速公路右侧水上公园（Aquatic Park）的伯克利划船俱乐部（Berkeley Paddling and Rowing Club）外，伯克利加大冒险中心大概是码头附近唯一的选择。不同于划船俱乐部以咸水湖泊为训练基地，冒险中心的初学者训练课程，都是从校园北面的草莓谷游泳池（Strawberry Canyon Pool）开始，等选手掌握好划桨的基本诀窍后，才移师海上演练。

海上独木舟大概是最不需要等候风来招唤，便能随时出发上路的活动。只要你愿意，就可以乘着像剑一般射出的独木舟，亲身感受绯红落日从金门大桥纵身而下的壮观，也可以悠悠荡荡地从海上欣赏满月从伯克利丘月出东山的华贵与清丽——这便是伯克利加大冒险中心所安排的“满月桨”（Full Moon Paddle）之旅，同时也是《旧金山周报》读者票选的“旧金山湾区最冒险刺激的浪漫约会”行程。不知道你开始心动了吗？

如果一时间尚难决定是否加入海上活动的行列，不妨先参加伯克利加大帆船俱乐部为一般大众免费提供的帆船之旅。跟着专家出海，身历其境地感受一下乘风破浪的快感，体验被水世界包围的地球真相，也许在波浪的律动里，可以唤醒你人类基因里渴望再度投入海洋怀抱的记忆密码，就像那些长年沉醉在海上乐活的祖父祖母级选手一般。

“活到老，玩到老”正是伯克利码头上这群热衷海上活动的好手们的最佳写照。傍水而居的小城居民，果然充分享受了大自然赋予这座城市的珍贵资源。

凸字形码头

只要往伯克利小城地势稍高的地方一站，朝向海湾的方向张望，便不难看见线型海岸上，以倒“凸”字形状搁浅在旧金山湾的陆块。这里便是大家所熟知的——伯克利码头（Berkeley Marina）。

沿着80号及580号汇流后的高速公路北上，从伯克利小城南侧的爱莫利维尔市（Emeryville），一路往北到小城北面的奥尔巴尼市（Albany）的道路左侧沿岸，不时可以看见向着旧金山湾延伸而出的陆块，尽管大小形状不一，都是早年人工填造出来的陆地。

伯克利码头的陆块，其实是由垃圾掩埋场演变而来。政府单位带头利用海岸丢置垃圾，从20世纪20年代开始，在40年代至60年代间达到高峰，除了当地居民产出的垃圾外，建筑废料以及工业废弃物也纷纷加入填海行列。有些当年留下的地名，如砖厂（Brick Yard）、电池点（Battery Point），便十分传神地反映了当年垃圾掩埋的盛况。

向海延伸的陆域有如一片空白的画布，吸引着无数梦想的追逐者用力挥毫。有人计划兴建国际机场，有人建议将伯克利市扩增为两倍。有人干脆大笔一挥，把旧金山湾的东侧海岸全数向西推移，以扩增最大面积的陆域为目标。梦想的大饼越画越大，填海的步伐也跟着扩张。

反对填海的声浪，从50年代开始集结。

1960年的某一天，丈夫任教于伯克利大学的麦克拉芙琳（Sylvia McLaughlin）女士站在校园钟塔上眺望四下风光。突然间，她惊觉大学大道（University Ave）路底的垃圾掩埋场，竟以出人意料的速度在膨胀，情况如果持续下去，她担忧美丽的旧金山湾恐怕将永远地消逝。

为了遏止当局的不智之举，麦克拉芙琳女士联合了当地热心公益的另外两位女性友人——柯尔（Kay Kerr）和古利克（Esther Gulick），于1961年成立了“拯救旧金山湾联盟”（Save the Bay），积极着手挽救海湾面临的存亡危机。

这个旧金山湾区首度出现的草根性环保运动，在3位女斗士的奔走下，支持人数快速增加，而当旧金山湾未来可能只剩一弯深水船道的图像发表后，更深深打动人心，一人一元救海湾的热潮在小区邻里间急速扩散开来。其后历经了大约20多年的持续努力，伯克利码头终于在80年代终止了填海的梦魇。

伯克利海岸保护的成功典范也起了领头作用，周边城市纷纷起而效尤，旧金山湾一时间风起云涌的填海造陆狂潮，就此画下了休止符。

现在由大学大道向西一过80号公路，道路两侧已划设为东岸州立公园（Eastshore State Park）。再往前走，在这座人工岛屿上，你可以发现拥有1025艘船只容量的游艇码头，3座公园，1栋自然中心，1处儿童冒险游戏场，1座海堤，2家老字号餐厅，1家住宿旅馆，另外还有鱼饵店及市府服务处。

随着岁月的流逝，人造岛屿埋下的垃圾已逐渐分解，凹凸不平的陆面也开始蔓延。就有人开玩笑说：“那些凸起的陆地，正是还没腐朽的冰箱遗骸。”尽管说笑的人没法直接举证，但不容置疑的是，早年为接驳海湾两岸渡船往返而打下的大量码头木桩，显然至今仍未腐朽。如今车子开在近海的大学大道上，一路有节奏的上下颠簸，便是底下的码头木桩在作祟，不时提醒着行车人——它们曾是这片海域的主人。

由海岸线向外凸出的陆块，是早年垃圾填海的遗迹。

现今的伯克利码头，不管晨昏与夜晚，不论平时或周末，总吸引着无数的男女老少满怀轻松愉悦地进出其间。还有随着季节迁徙的水鸟、海里悠游来去的鱼群，以及适应良好的红花绿木，也早将这片新兴之岛认作是自己的家。

伯克利码头是漂鸟与绿树的海上方舟，是旧金山湾上承载欢乐与悠闲的水上乐园。这片曾经诱发人类的贪婪，也承载过春秋大梦，最后又引动强烈争议的人造陆地，历经 80 多年来的蜕变，终于找到属于自己安身立命的最佳角色。

冒险游戏场

如果你不曾听闻位于伯克利码头的冒险游戏场（Adventure Playground），却贸然走进这座不开放时被圈锁在围篱里头的儿童游戏场，极目所见，你恐怕会一脸狐疑——用木头钉得歪七扭八的塔楼和房子，斜倚在沙地上少了桅杆的船只，以废轮胎编结而成的蜘蛛墙，粗麻绳随兴拉起的独木桥，还有木头拼凑修补的斑驳钢琴以及更多无以名状的木造成品，在油漆涂料泼洒出来的五彩斑斓里，东一簇、西一坨的散落在整个空间。

这里便是伯克利最受小朋友喜爱的游戏乐园，这答案可能更加深你的疑惑。如果再告诉你，这里是美国《波士顿环球报》、《新闻周刊》调查结果中，全美最受小朋友喜爱的游戏场前五名之一，只怕更让你瞠目结舌。没错，这里正是孩童的快乐天堂，伯克利独一无二的冒险游戏场。

如果还是半信半疑，不妨趁它开放的时间再走一遭。这里是孩子的地盘，只有等主人在的时候拜访，才能一窥堂室之妙。

开门的时间还没到，工作人员已将库房打开，铁锤、铁钉、锯子、榔头、油漆罐……一色色搬来在遮阳棚下摆定，只等着小主人翁的随时到来。

由大人陪伴前来的小朋友，从跨进冒险游戏场的那一刻起，仿佛立时长大了一倍。铁锤、铁钉、锯子、榔头这些平日大人眼里的危险物品，现在

冒险游戏场非假日期间大门深锁。

就握在他们手中。

不比工作台高出多少的小男孩，使劲敲打着钉子，好一副小鬼当家的气魄。两个小女生吱吱喳喳地商量着，该怎么使力才能把木头锯断。一对兄弟拍档小木匠在屋顶上敲敲打打，想让自己的城堡和梦里头的一样。提不动榔头的小小孩，要了油漆涂料，找个属于自己的角落，安安静静地沉醉在彩绘图画的世界里。

找到自己兴味的小毛头，一头栽进动手劳作的世界，满脸尽是创作家的专注与自信。

至于今天不想动脑创作的小朋友，有人在走独木桥，有的钻进铁皮圆桶，顺着斜坡滚动取乐。还有更多的孩子等在滑索塔台前的队伍里，跃跃欲试凌空而下、被滑轮快速带往另一头沙堆的挑战。

虽然这里规定必须有大人陪伴的7岁以上孩童才能入场，但看看园内那些身量明显不足的小萝卜头，不难知道，只要由大人做伴，年龄根本不是问题。

陪伴小孩前来的大人，知道自己是配角，自然也收敛起唠叨，放手让小孩尽情演出。平日家里的小淘气，这会儿成了独当一面的小大人，父母心里一阵甜甜的滋味。海风轻轻捎过，掀动水面涟漪，盈盈笑意也不经意的在大人脸上荡漾开来。

1979年成立的伯克利冒险游戏场，陪伴过无数的小孩一同编织童年美梦。不曾被此处的欢乐气息渲染感动过，便不算真止认识冒险游戏场。对

小女孩锯木头，是平日大人眼中的危险动作。

大人来说，他们最大的冒险，无非是小孩赖着不肯回家。因为冒险游戏场实在太好玩了。

冒险游戏场最早起源于欧洲。第二次世界大战期间，丹麦一位景观建筑师索伦森（Carl T. Sørensen）发觉那些未经刻意雕琢的自然空间，反比他设计的传统游戏场更受孩童的青睐。经他观察分析，小朋友在自然环境中就地取材、随兴创作，反而造就了最能满足自己的游乐天地。这也启发了索伦森，何不在都市里为孩童提供可以自由挥洒、自己创造玩乐空间的想法。

1943 年，索伦森在丹麦因得阿镇（Emdrup）实现了他的理想。1946 年英国设计师闻风而来，见识过索伦森的破烂游戏场后，不仅深感认同，也将这个概念带回英国，而“冒险游戏场”的称号，也在英国就此正名。

冒险游戏场在西欧国家显然颇受欢迎，目前营运中的已达 1000 处。美国曾经出现 12 处的记录，而日本近年来也有惊人的数字成长。如果说冒险游戏场是先进国家的指标，也许并不夸张。

许多儿童教育专家还特地为冒险游戏场所潜藏的教育启蒙意义著书。专家说，让小朋友运用土、泥、沙、水、木等天然原料，自由发挥创造游戏空间，不仅可以培养想像力、创造力，还能锻炼体能。透过与人的互动，更可激发合作、分享的情操以及个人自信。

专家的意见当然值得参考，不过只要亲身见识过小朋友全心沉醉在冒险游戏场时的神情与快乐，你不得不相信，这样的破烂游戏场真正百分之百收服了孩子的心。

绿的童话小屋

岸鸟公园（Shorebird Park）位于伯克利码头西南侧，以海堤为岸，与儿童游戏场为邻，是水鸟与孩童共享的水岸乐园。

站在岸鸟公园的界石边远远望去，立在草坪尽头的岸鸟自然中心（Shorebird Nature Center）就像童话世界里的房子，衬着屋后浓密苍翠的擎天大树，仿佛七个小矮人随时都会从门里走出来。

这栋建筑是由伯克利市两家专以设计绿建筑著称的事务所连手打造而成。蓝绿斜顶、粉底白墙的造型外观，不仅视觉美感十足，建筑设计讲究节能省电的环保概念，更是它受人瞩目的焦点。伯克利市政府在投资建造之初，便希望这栋建筑能成为环保与生态设计及建造技术的展示橱窗。

自然中心最大的建造特色，是利用农地废弃的稻秆来作为建筑材料——以稻草秆扎实捆束而成的稻草砖为墙心，外侧再糊以防水灰泥，便是整栋建物的外墙构造。为了让访客了解墙面玄机，设计师在进门的右侧壁面，特地镶嵌了一块透明玻璃，来展示墙内稻草砖的真实面貌。

整栋建筑的地基框架、梁柱、门窗，用的都是再生材料。不足的木料，也都来自经由国际认证的"再生林地"所生产。斜屋顶上设置有太阳能板，收集来的能量，正好作为屋内电力来源，同时也供应地板下方的热能循环

用稻草砖盖的岸鸟自然中心，是小而美的绿建筑。

系统，让屋内维持冬暖夏凉的最佳室温。计划于屋外装设的风力发电巨型风扇，将引动来自旧金山湾的海风，以补足绿建筑短少的电力缺口。

这栋温馨可人的童话小屋，占地面积不过 24 坪，紧邻在侧的亭榭式教室，也仅约 12.6 坪，精准掌握了“小而美”的生态设计精髓。

环绕着亭榭式教室周边设置的座椅，是用一袋袋的废弃碎石粒堆成型，表层再覆以防水灰泥。恼人的废料像是进了魔术师手里的魔术帽，变幻出人人来了都抢着要坐的肥墩墩靠背座椅。

再走进屋内看看。稻草秆再度隐身于屋内各个角落：墙面材料是压缩稻杆，天花板则用稻杆碎料板。以回收材料改造的门，装了隔绝效果极佳的再生玻璃。中央入口的挑高塔楼，除了增添视觉美感外，开在屋宇高处可

教室南面的葡萄藤架，挡住了午后炽热的阳光。

以手动调节的南向大窗，兼具吸收阳光、增加室温，以及通风散热的双重功效。

这栋绿建筑几乎是无所不用其极地让废料及再生材料，在人们意想不到的地方都派上了用场。像是整栋建筑使用的水泥用料，其中有50%是用燃煤工业产出的烟灰废料来替代，又一次彻底实践了降低物资消耗、废料产出，以及低污染又节能的环保建筑新主张。

自2005年开馆以来，这几年陆陆续续有人远从加拿大、日本、俄罗斯等地来访，为的就是观摩这栋绿建筑。看来这栋绿建筑不仅为加州的稻秆农业废料找到再利用的新方向，同时也在国际环保事业上树起了一支新的标竿。

除了建筑用料匠心独具外，面积不大的挑高大厅里的摆设，也展现了精准到位不豪奢的学习体验空间。靠墙而立的一缸水族箱，里头住着伯克利码头一带常见的水生生物。触摸学习桌上摆放的动物标本也很酷，像是鲨鱼下颌、鲨鱼胚胎、蝙蝠鱼的长刺，还有旧金山湾一带出没的鲸鱼的鲸须。另外，附近海岸常见的哺乳动物和水鸟标本，也都各自谨守着自己分配到的位置，一心等待大小访客上前盘查它们的身世和名号。

海风习习，塔楼屋顶上的水鸟风标不安地左摇右摆，亭榭式教室南面的葡萄藤架善尽职责地挡住了午后炽热的阳光。绿得出油的葡萄叶片不时在海风掀动下翻舞，仿佛童话故事书里静止的画面也跟着动了起来。也许等气温慢慢转凉，天色渐渐变暗，白雪公主就会站在童话般的小屋门外等着七个小矮人回家呢。

选“怪”行动

早晨的天空虽然舒卷着一坨坨棉絮般的云朵，云后的阳光依旧从空隙里投下清亮的光束。海风带着阳光的温度，习习吹来，天气不冷也不热，正是适合给海岸梳妆打扮的日子。今天海岸清洁日捡拾搜集的垃圾，预料会有可观的成果。

每年1月到9月，依循过去20多年来的惯例，伯克利居民都会在一个选定的周末早上齐聚海岸，花上半天的时间，将伯克利码头和水上公园水岸一带的垃圾捡拾清理一番。事实上，同一天在全加州的海岸线上，也同样在进行海岸清理的工作，这也是响应当天“国际海岸清洁日”的一项具体行动。

早晨9点钟，参加海岸拾荒的自愿军开始办理报到手续。主办单位除了发给每位参加者或每个家庭一个垃圾袋、一个回收袋之外，还有一张调查表和一支笔，让“拾荒者”可以同时记录垃圾的种类和数量，以便最后统计出海岸垃圾分布的样貌。这些数据都会送到海岸管理单位，作为日后海岸保护相关修法的参考。

除了例行性的垃圾清除工作外，在当地商家和各机关单位的热情赞助下，活动末了还安排了回馈抽奖活动，让出席者的善行能得到最直接的鼓

小女孩一身泥泞，是努力捡拾海岸垃圾的最佳证据？

电视台也派员转播垃圾选怪的地方盛事。

励。而最后的压轴大戏，便是从大伙儿拾回的“战利品”当中，选拔出今年最怪异的垃圾。由于这个竞赛项目，一开始可能有点枯燥的拾荒工作，变成了有趣的寻宝游戏。这么一来，不仅让海岸线上绝无垃圾隐身的死角，也让人把垃圾当成黄金一般追逐，对于参加的小朋友来说，这是最令人兴奋不过的大事了。

参加海岸清洁日的人数，每年都在增加。也许是校园宣传发挥了一定的作用，除了一般民众外，小学生在父母和家人陪同下，合家光临的情况并不少，最令主办单位感到欣慰的是，伯克利大学学生社团的热烈响应，是撑起庞大阵容的最佳生力军。

将近 12 点钟，海岸垃圾搜罗大队已经纷纷返航。

垃圾袋和回收袋分别丢置到两个拖吊车里，到服务台交调查表的同时可以换来一张摸彩券，这是呆会儿要让幸运之神光顾的凭证。当然，自认为已经寻得宝贝的幸运儿不等别人招呼，已经纷纷挤在“最怪异的垃圾”服务台前，为自己的得意发现填写参赛卡。

于是桌面上的垃圾物件越堆越多：生锈的剪刀、链锯，少了灯具的灯台，样式还算新颖的收音机、直排轮，琼斯（D. F. Jones）所著的黑皮精装科幻小说，小朋友的芝麻街小布偶，弯曲的大卷铁条、雨伞……桌上摆放不下的大皮箱，就撂在地上。总之，琳琅满目，热闹非凡。

在参赛的垃圾怪咖还在陆续进场，票选结果尚未出来之前，有人脸上挂着一丝得意的神秘笑容，有人带着姑且一试的侥幸心理，当然也有忧心忡忡的小朋友在四处打探、窃窃私语，就连电视台的摄影机镜头，也抢着在候选物品间凑热闹、作文章。

今年参加赞助的单位出奇踊跃，书店、餐厅、食品杂货、咖啡店，还有银行、精品店、饭店、超市、园艺公司……除了伯克利小城的商家、生态协会，及市政府的赞助外，全食超市公司（Whole Foods Market）尤其大方，将捐出一日所得的 5% 作为公益之用。另外，邻近城市的湾区水族馆、旧金山博物馆、奥克兰交响乐团，也都纷纷共襄盛举。

由于赞助的团体繁多，奖品精彩引人，为这场公益活动制造了不少高潮与欢乐。除了各种折价券、入场券和少不了的T恤衫之外，健康食物篮和环保用品竹篓礼盒是人人期待的大奖。为了礼遇到场参加年纪最长和最小的来宾，摸彩开始之前已经先行送出特别奖。结果在场人士中年纪最大的高达80岁，最小的才刚出生7个星期。在众人的惊呼声中，又是一项重大纪录。

虽然花了将近半个钟头才将丰厚的奖品发送完毕，依旧有大半的人和幸运之神擦身而过。不过也不必失望得太早，摸彩主持人紧接着宣布，人就在现场的伯克利码头的船东要免费招待大家搭船出航。这个人人有奖的消息，果然引来一阵欢呼。只是接下来大家最想知道的，还是今年的垃圾怪咖冠军究竟奖落谁家。

结果就在众人举手表决下，由计算机键盘、蜡像玩偶和婴儿手环胜出。尽管过程十分民主，还是不免有人对出炉的结果感到失望。有人说，那只大皮箱漂流到海岸边，是一趟奇异之旅，应该得奖。也有人认为，曾经改编成电影的琼斯的科幻小说，居然遭人遗弃，最不可思议。在小朋友眼里，芝麻街小布偶当然要比婴儿手环还酷——看来人人心目中各有所属的最佳得主。

除了台面上的“垃圾明星”外，当天捡拾到的物件一共重达4.25吨，其中可回收资源2.25吨，垃圾2吨，果然是可观的“成果”。

再来看看自愿军大费周章地数算了那些垃圾：烟蒂16123根，瓶盖12057个，食品塑料容器11103件，塑料袋7497个，吸管和搅拌棒6334支，塑料杯、刀叉、汤匙共3187件。另外还有大量的塑料及史特龙塑料，因为实在多到数不完，今年暂不列入计算行列。

这些垃圾数字给了你什么启示呢？或者换个说法：

曾经被问过这样的问题吗？你，是属于哪个类别的垃圾制造者？或者，你正好曾经是哪些怪咖垃圾的主人？

前卫凤凰

有人说，第四街（Fourth Street）是伯克利最高档的购物区，也是旧金山湾区生活时尚风潮的领航者。

于是你认真计划前往，而就在快接近地图上标示的目的地途中，你先是看见了冒着浓烟的厂房，又经过一大片渺无人烟的仓储区，心中不免开始怀疑“最高档”、“领航者”说法的可信度。接下来，你还可能会遇上轰隆轰隆驶过的火车，于是你根本怀疑自己走错了地方。

其实这一切都不能怪你以貌取人，因为第四街正是从工业区里开出来的一朵奇葩。

临海一带的伯克利西区，多属工业区的范围。第四街后来特立独行的发展，应该追溯到20世纪60年代。

当时伯克利市政府针对第四街一带街区，公布了一个工业花园的重建计划，但由于时机不对，迟迟没有进展。结果就在这片土地闲置了15年后，市政府决心对外公开征求新的发展方案。

这时由当地商家所组成的商业协会，在一家专以设计精巧住家及写字楼而著名的建筑师事务所协助下，向市政府提出了成立商店设计中心的概念。简单来说，也就是塑造个性商店的发展模式。

第四街是精致生活的领航者。

透过专业设计师的缜密铺排，第四街开始出现精心设计的工艺店及美丽的展示橱窗。在米勒（Mark Miller）开设的第四街烧烤餐厅火速窜红后，不仅让米勒料理全国知名，更让第四街的知名度扶摇直上。

20 世纪 80 年代，第四街已经小有名气。随着人潮的涌入，在后续的拓展计划中，商业街区再次往周边延伸扩张，由原来的线型空间，向四围开枝展叶，逐渐形成今日的街廓规模。

除了早期以家居生活为主的商品外，又有计划地引进餐厅及时尚精品，在坚持以吸引具有独特性、趣味性及高质量商家进驻的经营理念下，第四街成了独领风骚的前卫凤凰。

第一次走进第四街，是在 20 世纪 90 年代，那回是伯克利大学景观建筑系教授苏利文（Chip Sullivan）带领的户外教学。我们一行人走过几条寂寥的街道，经过几处厂房，拐了几个弯，来到一处和邻里周边氛围迥异的地方——第四街。

当时大约是一个街廓的长度，布置了精心设计的建筑立面和高雅橱窗。我们这一行学生用心打量着街道尺度，热心观察着使用者行为，炽热的午后阳光洒在露天咖啡座上，街道两旁的梧桐树摇曳着动人的光影。第四街，是都市荒漠里一朵静静绽放的奇葩。

大约2000年前后，再次来到第四街。久违的第四街，梧桐树向上拔高了许多。街仿佛也吹胀拉长了一倍。走进方舟玩具店（The Ark），那些栩栩如生的人物玩偶，设计精巧的各色玩具，不禁让人童心大发，爱不释手。我在第四街盘桓了许久，这才发现，除了美丽的街道，商店里的天地更绮丽迷人。第四街，是一朵让人惊艳的奇葩。

2008年再访第四街，这里的商店和人潮已非同日可语。近年陆续进驻的商家，除了少不了的咖啡餐饮店外，家居用品、音乐、书店、女性用品、儿童专卖店、宠物玩具店、珠宝设计和花店，让人目不暇接。此外，还有美发沙龙、草本香料、画廊、瑜伽、茶艺馆、酒品专卖……每踏进一家商店，都是一个惊喜。

有人说，来第四街不是为了购买你需要的，而是来买你想要的。即使不花费任何金钱，这里光是用看的，都能让人得到极大的满足。人类物质文明生活的精致表现，在此作了最极致的演出。第四街，是一朵盛放中的奇葩。

为了赞助伯克利高中的爵士乐发展，由第四街商家及旧金山湾区爵士音乐电台（KCSM/Jazz 91）共同赞助的“第四街爵士乐嘉年华”，一如往年，在周末的午后登场。

一早第四街街区两头便陆续封街，11点钟开始，伯克利高中小型爵士乐团已经登场热身。随着人声逐渐鼎沸，顶着白色帐篷的各色饮食游戏摊

伯克利高中爵士乐团，是孕育全美爵士乐巨星的摇篮。

位，像是被人潮推挤到街边堆起的朵朵浪花，这浪花在长长的第四街区卷起千堆雪后，又辗转涌进横叉的巷道和广场，众生喧哗将第四街区饱胀到不留一丝空隙。

人潮与浪花在萨克斯风时而幽微、时而豪迈，既深邃缠绵又奔放不羁的爵士乐音推波助澜下，翻滚成腾天巨浪。于是蠢蠢欲动的灵魂也跟着音符随波逐流，终于翻上了巨浪锋头，人的肢体也不自觉地跟着扭腰摆臀起来。

人潮里的访客边走边张望，有些人有着第一次的新奇，有些是年年来停栖的候鸟。空气里回荡着古典乐风和创新曲目的爵士音符，就像人群里新旧交错的面孔，熟稔与全新滋味兼具。

台上演出的女歌手 E. C. Scott，一会儿是粗犷的嘶吼，一会儿又似蜜糖般的柔腻，搔弄得人心痒痒的。带着拉丁爵士风韵的 John Santos 四重唱，将浪潮推向另一波高峰，激越奔放的热情，在脸谱彩绘师手里变成了女孩脸上的一颗红心，笑意盈盈，要给全世界的人看见。

不让前辈专美于前，下午 4 点钟，伯克利高中爵士乐团终于等到了压轴演出的时刻。饮食游戏摊位已陆续收场，所有的人潮一下子全挤到了舞台前的广场，众人目光的焦点都给了舞台上年轻的爵士乐手。

一张张青春的脸庞为萨克斯风而鼓胀，台下的观众也为之报以热烈的掌声。伯克利高中多年来培育出不少全美知名的爵士乐巨星，闪亮的明日之星也许此刻就在这支乐团队伍当中。

午后的阳光炽热，青春爵士的音符亦热烈激昂。直等到太阳低了头，接近尾声的爵士精灵也变得温顺起来。曲终将散，抓住最后跳动的音符，许多观众走向舞台前方空地，随着音乐摇摆起身肢，就像蠕动的舌尖要舔净餐盘里最后的汁液。

音乐声止，人也跟着散场。不等日暮天黑，不必太多的安可，因为过了今朝，明年他们还会再来——第四街，爵士乐的嘉年华会圣地。

附记：第四街烧烤餐厅于 1984 年转手他人，并迁往他处经营。

看不见的艺术花园

车子开在伯克利西区的街道，也许是来往车辆相对稀疏，比起伯克利其他地区，这里的道路感觉特别宽阔，甚至有几分寂寥的味道。

也许是街景过于单调，系在路旁灯杆上的长条布幔便显得格外引人注目。由两个陶瓷花罐上下垒叠成图案的布幔上，顶端横幅写着“ARTISAN DISTRICT”（工匠区），陶瓷花罐下头还有“CERAMICS”（陶瓷品）、“OPEN WEEKENDS”（周末开放）的字样。原来这附近看来并不起眼的几条街道，正是本地艺术家卧虎藏龙之地。

伯克利西区一带是小城最早发迹的地段。当年因应旧金山的淘金热建立发展起来的卫星小城，最热闹的市街驿站以及民生工业制造工厂，都沿着临海的西区逐步扩张开来。由于早年的发展未有土地分区的概念，住商混合的结果也造就出这一带特殊的小区氛围。

随着时代的演进，在当地民生工业逐渐凋敝，产业重心逐步移转之际，相对廉价的居住条件吸引来了艺术创作者开始纷纷进驻。在群聚效应发酵之下，伯克利西区成了艺术家安居乐业的大本营。

只是到了21世纪初期，在美国房市泡沫经济的带动下，伯克利西区这片向来远离经济热潮的化外之地也连带受到波及，快速窜升的房价和房屋租金严重威胁艺术家的去留。于是伯克利市政府试图进一步掌握西区一带艺术家分布的现况，以便研议出协助艺术家继续留在小城从事创作的对策。

看来伯克利西区这座看不见的艺术花园，到底规模有多大，艺术园丁人数有多少，负责管事的公共部门也说不出个准头。不过年终时分伯克利的艺术家依照往例，开放工作室供访客参观的活动，倒是为有意在这座艺术花园寻宝搜奇的风雅之士，掀开了一角门帘。

当一年将近尾声，大地万物都追随隆冬的脚步逐渐趋向寂静之际，小城里的艺术家却开始活跃了起来。从 11 月份的感恩节到 12 月圣诞节前夕的一连四个周末，是驻居伯克利的艺术家每年一度的“工匠艺术假期”。这段时间，艺术家们大方敞开工作室的大门，向访客展露他们平时不轻易示人的私密花园。

这些平日隐身小城西区的艺术之家，仿如夜幕下的天上繁星，在寂灭的冬日里一颗颗亮了起来。原来看似寂寥的僻静街道，缀满了白日里不与阳光争辉的宝石，一颗颗锋芒内敛却又熠熠引人，为访客捻亮了引路的火把。

对于喜爱艺术的人士来说，在短短的几个周末里，不仅能饱览玻璃、陶瓷、绘画、珠宝、饰品、木工、雕塑、家具、摄影、拼贴、手工乐器、百衲被、服装、皮件、花园艺品等各类艺术的最新创作，遇上心仪的作品，也可以立即拥有，享受艺术消费特有的成就感。

如果想在最短的时间内，参观最多的艺术工作室，那么走一趟位在第八街的锯齿大楼（Sawtooth Building），准是错不了的选项。

屋顶立面有着锯齿造型的锯齿大楼建成于 1913 年，是早期 Kawneer 制造公司的总部。20 个锯齿天窗的特殊外型设计，搭配时尚的玻璃工业材质，在当年不仅引领一时风骚，其后更被誉为是美国西岸工业建筑的经典之作。

锯齿大楼几经易手，1972 年经买主将其分隔成 35 个大小不一的空间，分别租赁给从事玻璃工艺、木工、雕塑、陶艺、家具、珠宝的手工艺者，加上设计师、音乐家、舞蹈家、画家及电影艺术工作者的入驻，从此这座

靠海的小城西区一带，是艺术家卧虎藏龙之地

兼具人文与建筑美学的历史性建筑，变身成为美术及工艺创作的艺术家基地，而每年的工匠艺术假期自然也成了锯齿大楼的年度大事。

这座驻扎了30多位艺术园丁的艺术花园终于展开双臂欢迎访客，只是踏进锯齿大楼像迷宫一样的通道，又让人仿佛置身云深不知处的迷雾中。

原来蔽身锯齿大楼的艺术家各自独踞一隅，比邻而居却又各个独立的工作室之间，便靠狭长的通道彼此贯通串连。如果以横剖面切片俯瞰整栋建筑，或许可用蚂蚁的巢穴作个比方：蜿蜒漫长的地道，各个连通的小洞穴。对于识途者，自然嗅得出四通八达的网络。对于初访者，这里便仿如一座曲折蜿蜒的迷宫。

因为这样令人意外的格局，反倒为艺术参观增添了不少感性的趣味。随遇而安的参观路线，也处处埋伏着柳暗花明又一村的惊喜。

色彩缤纷造型多变的玻璃艺术，最是容易攫住目光的焦点。你说得出的色彩，或言语文字形容不来的颜色，全都飙上了瓶瓶罐罐的瓶身。有的透亮清澈，有的薄如蛋膜。有的雕花粉金，有的上半边朦胧、下半身晶亮。许多是日常家居的可亲模样，也有不少执意要和奇形异样结盟。玻璃艺术家竭尽所能，以视觉美感和实用功能紧紧拴住欲望的精灵，让人在占有与舍弃的盘算之间做起彩色斑斓的美梦。

艺术家的魔法不只于安慰灵魂、挑动心灵，展示架后方的工作室里有人正在吹制玻璃成品。

将沾染物料的铁管在火上烧烤成火热金黄，接着用最大的口气将铁管尾端膨胀出一个物样，一个晶亮的“梦”便就此成型。你的口气有多大，多姿多彩的“梦”就能有多少。

只要你喜欢，也能变身捏弄梦想的魔术师。这里开设了玻璃工艺教室，不少玻璃工艺好手和素人艺术家便是在锯齿大楼里吹化成型。

除了炫丽夺目的玻璃艺术外，各种形式风格的绘画创作也让人眼界大开。不少女性画家除了绘画作品外，也兼作珠宝设计。手环、戒指，还有式样多变的耳环，最能够抓住爱美女性的心。有些饰品工艺家特地从海边捡拾来“海玻璃”，再搭配上宝石和珍珠设计出美轮美奂的项链和耳环，一场海玻璃珠宝秀的美丽光华，逐波踏浪而来，为人间捎来大海最神秘而深邃的美。

你能想像吗？大海里那些遭人丢弃的玻璃瓶罐、烧瓶、挡风玻璃……在海和沙经年累月的淘洗淬炼下，变身为一颗颗圆滑温润带着斑斓色彩的“海玻璃”，在波浪拍涛的海滩上载浮载沉，千年一瞬，只等候目光锐利如鹰的知音，将它重新拾回文明世界，进入下一世的轮回。

这些也许盛载过人类文明世界里的美酒佳酿和啤酒、可乐的瓶瓶罐罐，经历大海无情的摧折与消磨，却意外在艺术家的巧手回春下，完成了转世轮回。上一世，它让人用完即丢；这一世，却来收买女人心。

除了一般熟知的绘画和工艺外，这里也有专门制作另类娃娃的艺术创作——诡异、丑怪、邋遢、前卫，一身回收材质做成的装扮，怎么看都不属于温室里长成的花朵。

用铁丝弯出造型的创作，最是离经叛道。带着嚣张利刺的铁丝网变身，巧妙的艺术魔法，出人意料的神奇。

利用真材实料的精装书，变身成各式货真价实的书架和架子，是“This Into That”工作室给人最大的惊喜。若仔细欣赏，不难发现各个作品选用的书本名称和设计主题之间还有着相互辉映的妙趣。比方说，厨房用的什物架子，顶层置物平台是用书名为《吃的季节》、《美味至上食谱》、《吃对就苗条》等几本书连结而成；架子两端的三角支撑，则由《简单烹调美食家》和《自助餐上菜》两本书担纲演出。

和传统马赛克拼贴艺术相近似的 Pique Assiette，是先将完好的陶瓷碗、盘、杯子和磁砖打碎，再拼贴出构想中的主题。无怪乎动手谋杀器皿的艺术家自嘲为“陶瓷屠宰手”，看来也是必要的认罪告白。

说起陶瓷创作，大概再没有别处比得上吉尔曼街（Gilman St）的陶瓷艺术大本营。

这里的玻璃艺术创作，仿如一处梦想实验室。

锯齿大楼内艺术家各据一方。

早在20世纪70年代，一群年轻的陶艺嬉皮兴起了在伯克利安居立业的念头。几经寻觅，相中了小城西边轻工业区一带租金相对便宜的厂房，于是一伙人合力租下了位在吉尔曼街以南3个街廓的琼斯街（Jones St）上一处工厂仓库。

有了发展的根据地，一群志同道合的陶艺同好亦快速凝聚，一个号称美国西岸最老最大的陶艺组织——伯克利陶艺家协会（Berkeley Potters Guild）于焉诞生。这群陶艺家很快建构起事业的轮廓，为了长远打造一个安身立命之所，他们接着又合资买下这栋仓库，同时全面改造为陶艺工作室。

不少陶艺家将绘画和陶艺作了最紧密的结合，他们将作品形式留给了平日家居随常可见的碗盘瓶罐茶壶杯子，而雕琢其上的彩绘，则是留给自己挥霍艺术浪漫的领域。

于是有些陶瓷碗盘上的彩画，可以无端、无由、无边、无际的抽象，但交到买家手里的成品，不但进得了烤箱，也呆得住微波炉和洗碗机。新主人安心享受艺术的果实，艺术家也在抽象绘画里表白了艺术宣言。

已经走过30多年岁月的伯克利陶艺家协会，目前拥有20位陶艺家租赁其间。由于协会的租金并不便宜，进驻的陶艺家除了要有艺术创作的热情，还要面对市场需求的考验。艺术市场里的竞逐，就像一波波翻滚的浪潮，撩拨着沙滩上贝壳的来去。要想成为这座陶艺大工厂里的长久居民，如何在艺术与现实之间找到幸存点，显然是永不止息的挑战。

这座看不见的艺术花园随着工匠区长条布幔的张挂，已经逐渐显露招蜂引蝶的芬芳枝蔓。陶艺家协会的历久弥新，加上附近第四街时尚前卫凤凰的共伴效应下，越来越多的陶艺家往周边地带靠拢。仿佛夜“黑”得越深，夜空里便有越多的星星在闪动。

其实，亮、不亮的星星，不论你看见了没，绚烂的太空银河早已存在千百亿万年。兀自开枝散叶的艺术花园，不论你看得见、看不见，时候对了，季节到了，也总会毫不保留地绽开紧紧拳抱的花蕊，让人惊艳。

4

小城传奇篇

嬉皮不死

今天（2008年9月9日）应该是最后一天了，伯克利校园长达648天的“坐树”行动，即将画上句点。

上周四，伯克利校方终于等到一纸由法院裁定，体育中心可以在橡树林破土兴建的指令，于是忙不迭地便从第二天起展开筹备已久的砍树行动。

早在2006年，伯克利校方便预计花费1.24亿美元，在现有的纪念足球场（Memorial Stadium）下方兴建一座体育中心。由于工程预定地正好是一片苍劲蓊郁的橡树林，其间亦有葱茏红木插天而立，于是校方计划砍除其中的42棵大树。消息一出，立刻引来部分伯克利居民的强烈不满。为了阻止校方砍树的不智之举，抗议人士就选在2006年12月2日，伯克利大学和斯坦福大学在足球场上对垒的“大球赛”（Big Game）当天，以具体的坐树行动进驻这片橡树林，从此展开了美国史上时间最长的都会区坐树抗争行动。

除了地方人士挺身捍卫橡树林外，伯克利市政府对于伯克利校方枉顾市民及球迷安全，执意要在有海沃德断层经过的足球场旁扩充新建物，也表达强烈的不满。在多方沟通毫无交集的情况下，伯克利市政府、加州橡树基金会以及附近邻里小区的环景丘协会，从2006年12月起，先后具状向法院提出诉讼，开启了另一波伯克利市民和伯克利校方公开对峙的漫漫法律兴讼之路。

2007 年 1 月，地方高等法院要求伯克利校方在法律诉讼期间暂停施工的裁决，让市民的坐树行动有了持续发展的空间，也让橡树林周边的声援事件高潮迭起。绿树林里，其中一株相当于三四层楼高的红木被搭上了瞭望台，拯救橡树的旗帜和标语在高空随风翻扬，这里成了那些誓言要捍卫“橡树祖母”的现代骑士，向天举目的精神标竿。

坐树人爬上橡木林营巢而居、以树为家后，地面上的支持行动亦前仆后继，未曾稍歇。2007 年元月，首先来了 3 位伯克利市德高望重的环保女斗士。

坐树人以树为家，抗议校方的砍树行径。

年龄加起来高达247岁的3位女士，象征性地登上了搭建在橡树枝干间，大约一米高的平台，颇有宣示老人与老树惺惺相惜的意思。

同一年春天，以大树与人体摄影而知名的树灵艺术创作家格舍特（Jack Gescheidt），在春寒料峭的3月天，带领了75位要为伯克利橡树尽一份心力的临时模特儿，以裸体拥抱大地之母的姿势，为橡树林留下了让世人惊艳的不朽画面，也在媒体传播界引起一阵不小的骚动。这骚动让伯克利橡树岌岌可危的命运，再次受到社会大众广泛的注目，不少人在好奇心的驱策下，纷纷来到橡树林一探究竟。

面对来自各方人马不定期的集结，想要有所作为的伯克利校方于2007年8月，在橡树林四周竖起了3米高的铁丝围篱，有意借此阻断坐树人的食物供给来源。校方的这项举动，显然激怒了更多的伯克利市民加入声援坐树人的行列。此后每逢周日下午，总有一群自称“橡树林的伯克利祖母”的团体，带着募集而得的食物和饮水，来为坐树人补充物资。因应校方刻意封锁食物补给的围篱策略，坐树人利用滑轮与绳索，在枝丫树干间连接出便捷的运输网络，为橡树林的坐树行动又平添了一幅引人注目的树上风光。

在“橡树林的伯克利祖母”将各方捐赠的物资，借由绳索吊送树冠高空前，这些爱树人总会慎重其事地先进行焚香祝祷的仪式。在飘散着特殊印第安药草气味的袅袅烟雾中，他们态度虔敬、口中念念有词，大伙儿双手擎天，象征性地托举着系了吊索的食物袋，就像是为捍卫“橡树祖母”的坐树人献上神圣的祭礼。这样的仪式成了往后每周日下午两点钟，坐树人与地面支持者固定交流、彼此鼓舞士气的重要开场序幕。

周日下午两点除了固定的集会外，为了带动长期抗争的士气，也不时有特殊的节目安排。一向奇装异服造型诡谲的Hobo Gobbelins乐团，便带着他们的手风琴、小提琴、班鸠琴和洗衣板，来到橡树林为坐树人加油打气。他们鲜活畅快的歌声，演作俱佳的肢体动作，吸引了坐树人从树梢高处下到邻近枝头一同击掌聆听。威胁橡树的杀伐之声已远，这里只有欢庆生命喜悦的嘉年华，歌声笑声欢呼声同声一气，原来等待命运之神判决的橡树林下，也曾经有过笑靥欢愉的时刻。

坐树人为捍卫伯克利校园的橡树林所引发的抗争行动，不仅在地方上闹得沸沸扬扬，甚至上了《纽约时报》和《洛杉矶时报》等全国性大报。有人甚至将其和60年代在伯克利校园引发的言论自由运动相连接，也有人危言耸听地说，这场伯克利校方与伯克利市民之间的橡树林之争，要是处理不当，恐将演变成1969年人民公园（People's Park）事件的翻版。

曾经造成抗议者一人死亡、数十人受伤，留下历史伤痛记忆的人民公园事件，在沉寂了近40年之后，真有可能在这一场针对伯克利校方发起的抗争行动里幽灵再现、重掀波澜吗？

这回看来很不一样了。校园里的学生大多只是远远的看着，彼此低声地讨论着，或只是透过网络发表个人意见。口头声援的虽然也有，但真正付诸行动的却寥寥可数。这期间好像只有过一次，有位教授带领了几十名学生到现场向捍卫战士致意，另外还有一位后来自动退学的大学生短暂参与过抗争活动，此外再也不曾听说过有任何校内人士挺身而出，公然反对校方立场。

有人说时代不同了，大环境也变了，学生关心课业更胜于关心抗争活动。也有人认为只为保护几棵橡树的议题不够宏伟，无法引起伯克利师生的共鸣。从一开头，这便是一场实力悬殊的拉锯战，在某些伯克利校方人士眼里，这场闹剧恐怕更像是伯克利光荣传统的历史遗绪，是伯克利大学里消失了近40年的一种珍贵的校园风光。无怪乎秋季班一开学，校园刊物便将其列为校园特色一景，提醒今年刚入学的新生赶紧把握机会，到现场一睹实况。

2008年9月9日，伯克利校方的砍树行动进入第5天，橡树林里的40棵大树在过去几天都已纷纷倒下。现在只剩下一株等待移植的红木，以及最后一棵仍由4名坐树人占领的红木大树。这株象征捍卫“橡树祖母”的最后精神堡垒会在何时倒下，除了对峙已久的伯克利校方和伯克利市民关心外，此刻更是全国性电视及平面媒体各方引颈瞩目的焦点。

电视台派出的实况转播直升机，一早便在橡树林的红木上方盘桓来去，轰隆轰隆的声音震天价响。看来学校师生不管关不关心坐树人的议题，校园里今天都不会太平静。

一早橡树林前面便簇拥着几百个围观的民众，除了那些坐树人长期的地面支持伙伴外，有人特地赶来为坐树人作最后的声援，有人要替屈折于链锯下的树魂叹惋哀悼，有人只是单纯的想见证伯克利校园历史性的一刻，也有人巴不得要亲眼目睹红木顶端最后的几个嬉皮束手就擒，当然还有更多只是好奇的围观者。

要求坐树人自动撤离的时间，已经超过校方所给的期限，现在就看伯克利校园警方如何应变。这株为最后的坐树人背负起十字架的巨木，就在众目睽睽之下接受链锯的凌迟。为了让坐树人无立锥之地，红木绿意奔发开阔舒展的粗实枝条，一再遭到锯树工人截肢。链锯的威胁由下往上进逼，现在只剩坐树人立足之处的稀疏针叶绿绒气息犹存。巨木为坐树人受难，此刻又因坐树人而暂得苟延残喘，人与树、树与人的紧密依存，再没有比这一刻更致命关键。站在起重机吊索下方铁盒平台上的伯克利校园女警长，就绕着巨木仅存的蕞尔绿荫，和庇荫其间的坐树人展开马拉松式的对话。

地面的声援者吟唱着印第安族灵歌，又拿空水罐敲击出低沉回荡的鼓声。那吟唱声伴合着不曾稍歇的鼓声，仿佛把时空倒转回亘古的洪荒时代。那不属于文明世界的旷野杀戮，只讲弱肉强食的残酷争夺，此刻是否也在我们眼前上演？鼓声叨叨絮絮地追问着。万物生灵无言，只有空气里辗转传来大树与链锯碰击出来的声响。那响声越大，鼓声也随之高扬，击鼓的频率也跟着急促了起来。不过就在链锯声后随之发出的枝干断裂声，也引来人群里一阵鼓掌欢呼。看戏的人原来各有所思，观众群里有人说这不值得大惊小怪，因为这里是伯克利。

坐树人、女警长、直升机、砍树大队，多方人马在高空对峙。

校园女警长的高空坐骑在起重机吊索的长鞭驱动下，上下前后移动着，尝试劝说站立在不同高度的坐树人有尊严地回到地面。树下的支持者拿起扩音器，对着坐树人精神喊话，用歌声掌声欢呼声，鼓舞着树梢上的勇士继续坚持下去，因为地面部队和校方的谈判尚未达成共识。时间一分一秒过去，如一的画面仿佛就此定格。就在情势仿若陷入胶着的混沌间，伯克利校方一早从8点钟起，就责成工人围着红木搭建的鹰架，在近午时刻冒出了红木周边的丛林树冠，身着白色制服工人手上的支架，已经逼近坐树人的巢穴。眼看坐树人手上的筹码越来越少，呆会儿要让警方上前逮捕？还是有尊严地走下这已经搭好的高空舞台？树下的观众，人人都在猜测。

早在过去几天就已经抢得最佳视野位置的电视台转播人员，不仅利用高倍镜头捕捉红木高空的所有动静，也透过对讲机和坐树人直接对话，以掌握最新情势发展。“他们准备好要下来了”——电视台人员传出最新的消息，只要校方答应未来能敞开大门，让邻里小区一同参与校园土地利用的讨论，最后的4名坐树人将自愿走下大树。下午1点半左右，雄踞瞭望台上的坐树人擎天而立，向地面上给予他掌声和欢呼声的声援群众挥手致意，同时也让手中申言拯救橡树的旗帜，作最后一次的飘扬，而后便从容翻身下树。持续长达21个月、648天的伯克利橡树林坐树行动，在4名坐树人逐一爬下红木大树后，终于宣告落幕。

在4名坐树人陆续缴械的过程中，同时还发生了一段引起骚动的小插曲。就在坐树人缓步爬下树干的紧张时刻，两名身着橘色制服的工人竟然爬出了鹰架立柱，努力要将手上的布幔系上支杆。树下观看的人众声惊呼，在红木高处张挂标语布条，不都是坐树人的专利吗？这下子坐树人又败部复活了吗？待橘色制服身影正面张举布幔，露出建设公司的广告，众人一阵哄堂大笑，也吁了口气。

就在4名坐树人有尊严地自动走下舞台，并随即遭警方逮捕后，另一批身着橘色制服的工人，立刻着手进行鹰架的拆卸工作。少了坐树人护卫的红木巨树，也在不到4个钟头的时间内身首异处，为橡树林写下最后的哀歌。

大树已经倒下，声援的群众却久久不肯散去。他们击打乐器、放声高歌，足下踩踏着印第安族舞，他们要为链锯下的树魂进行最后的追悼。“拯救橡树林”的专属网站，这一天也以空白谢幕。不过空白只停驻了数十小时，奋起再战的讯息又再度宣告。42棵大树已经罹难，但校园里还有更多大树需要持续的关注与救援，未了的官司尚存续着希望。这一刻，他们还不能倒下。

嬉皮不死，他们还要再重新来过。

牟，这个人

牟（Morris Moskowitz），曾经是牟氏书店的一号精彩人物，电报街上的一则传奇，伯克利小城里一道特殊的城市风光。

市政府曾经为他在电报街上的追悼会封锁道路，小城更特地颁布了“牟之日”来纪念他。

他是牟氏书店的创办人，二手书市场的革命家。

你可能见过他在柜台前和人高声争辩政治议题，偶尔也见他和顾客开个小玩笑；心情好时，不经意的就跳起舞来，也会跟着转盘上的歌剧纵声放歌。还有，不管他正在忙些什么，口里总是不时的喷着雪茄烟。牟，就是这样，个性鲜明，特立独行，让人称奇。

尽管斯人已远，一切还诸天地，但人们口中传述的小故事，轻易便翻越时间和空间的藩篱，让牟的传奇成了永恒。

曾经在牟氏书店打工的杰克，16 岁时和牟买书的经验，成了他一生难忘的记忆。

当时还是个毛头小子的杰克，非常迷恋凯鲁亚克（Jack Kerouac）的小说。他先是在寇帝书店（Cody's Books）看上了凯鲁亚克的《荒凉天使》(*Desolation Angels*)，结果新书标价 95 美分。杰克揣揣荷包里仅有的 75 美分，只好悻悻然离开。

书没买成的杰克，脑海中突然闪过牟氏书店的影子。他想，也许该去那里碰碰运气。

在牟的书店里，杰克毫不费力就在文学区找到了凯鲁亚克的作品。除了《荒凉天使》之外，还有凯鲁亚克的其他五六本著作。喜出望外的杰克，左手揣着凯鲁亚克的这几本书，右手握着仅有的 75 美分，心里估量着自己能带回几本，这当然还有待当时立在书架前、正以 1 分钟整理好 1 英里长书架的老板——牟来定夺。

“这些书怎么卖？”杰克问。

“封底标价的一半。”牟说。

杰克拿起一本在英格兰印制、定价 2 先令的书，又问：“那这本书呢？”

牟想了一下说：“1 先令？”

结果，杰克的 75 美分，换来了凯鲁亚克的两本二手书，也让他一辈子记住了牟的童叟无欺。

牟除了有让人啧啧称奇的独特个性外，作起二手书生意也有他独到的手法。过去的旧书多是秤斤论两的买卖，牟的买法可不一样。他都以书籍定价的 60% 收购旧书，比起当时其他书商支付的 50% 价格还高。牟不仅自己慷慨，也要求员工厚道待客。要是店里员工收购旧书的价钱给少了，牟知道后一定气到暴跳如雷。正因为如此，牟累积了搜罗旧书的深广人脉，也难怪好的二手书都进了他的书库。

此外，不管书籍当时的市场价格如何，牟一律以旧书封面上标价的一半出售给顾客，不像一般书商先参考当时的市价，将旧书价格自行调高后，再以折扣卖出。杰克终生难忘的亲身经历，便是最佳写照。

牟氏书店墙上仍可见牟留下的影像风采。

牟氏书店出售的二手书，售价可以从一毛三飙高到三千美元，价格级距之大，不难想见其图书种类的繁多。尤其是店里大量搜购的艺术、摄影图书以及已经绝版的学术巨著，更是牟氏书店号称独步美国西岸的镇店之宝。正因为丰富的图书收藏以及店里极富弹性的交易方式，为牟氏书店带来了为数可观的顾客。这些顾客不只来自湾区和西海岸，如果牟还在世的话，他八成会臭屁地告诉你，他的顾客来自全世界。

牟能把一庄小书店扩充成四层楼的规模，和他拼命三郎的干劲脱不了干系，早期的牟一周工作七天就像家常便饭。如果说，牟的个人特质为牟氏书店树起了一块闪亮的招牌，那么牟对工作的热情与投入，便是让牟氏书店基业长青的根本。

另外，牟氏书店和同是电报街上的知名书店、却已经关门大吉的寇帝书店最大的不同，在于牟懂得抓紧时代潮流，懂得顺势而为。牟采纳了员工的建议，早早就搭上了网络在线交易的模式，不仅成了最早使用计算机交易的书店之一，也为店里的二手书生意开辟了更大的市场。

有人说，电报街因为书店而伟大，而风格特立的牟氏书店，就像是为电报街带来消费人潮的磁铁。如果说伯克利小城的特色在于多样化，那么，牟一定是领有注册商标的独特代表之一。

见识过牟的人，印象最深刻的，应该是他手上总在冒烟的雪茄。

牟氏书店也有中文二手书。

伯克利小城从70年代开始对公共场域禁烟，这对于烟不离手的牟来说，简直是天大的酷刑。为了捍卫抽烟的自主权益，牟还为此杠上了市政府，两者来回交手长达15年之久。

牟虽然曾经大费周章地抗议过小城的禁烟规定，不过对于别人的好心提醒，他也不至于顽抗到置若罔闻的地步。有回依着老习惯，牟又在自己店里优哉游哉地抽起雪茄来，经他的店员提醒后，竟然将抽着的雪茄就暂搁在裤袋里。只是这一搁就忘了它的存在，直到口袋冒出火星，员工抢着替他扑火，才化解了一场意外。这就是怪咖牟的又一桩怪癖。

不过，牟氏书店还是时不时会传出“火灾”的小小灾情，那八成又是牟将烟头丢进垃圾桶里引起的小小灾变。为了不想造成顾客不必要的惊慌，牟此后改将未点火的雪茄咬在嘴里，这样既碍不着谁，也算聊解烟瘾。当然，此后便有人调侃咬着雪茄的牟，就像叼着胡萝卜的马。

事实上，雪茄还真成了牟氏意象的注册标志，不信听听史蒂夫的这则故事。

史蒂夫从大学时代就开始和牟氏书店打交道，他除了到店里买二手书外，每隔一阵子，也把旧书拿到店里去卖，除了借此清理书橱，更重要的是去观赏当时伯克利小城的一出好戏——牟和牟的雪茄。

总是烟不离手抽着雪茄的牟，在他吞云吐雾自制的迷雾背后，那双锐利的眼光可是毫不含糊的。他可以在旧书堆里精准力判哪些是好书、哪些是卖不出去的垃圾。

这一天，史蒂夫又拎了一袋旧书到牟氏书店去“朝圣”。

“这本《澳洲旅游指南》已经过期了。”牟说着，率性地把书朝史蒂夫这位老顾客的柜台方向扔了过去。

“这部《金银岛》只有上集，缺了下集。”牟毫不客气地说，“这种书叫垃圾！”

“这本勒卡雷（John Le Carré ）的小说我可不能再要了，”牟说，“我楼下已经有3本存货。”史蒂夫心想，牟的书店里有成千上万本书，哪能记得每本书的存量。不信邪的史蒂夫跑到书架上去查看，果然不多不少，正好是3本。

经过牟的法眼，史蒂夫那回带去的15本书，牟只收购了6本。虽然差强人意，但当天史蒂夫果然又见识了牟的精彩大戏——忙碌工作的牟，顺手把雪茄在手掌上弹了弹，然后再把掌心的烟灰抖在地上。“嘿，这是他家的地板，你能拿他怎样？”史蒂夫心想，光这一幕，今天的交易已经值回票价。何况牟那天心情不错，还传授了他买卖二手书的窍门。

“如果你买进了垃圾，过不了多久，你的书店包准变成垃圾堆。”牟说，“一旦让垃圾进了门，你再也没有法子把它们弄出门去。”牟又说，“垃圾是卖不出去的，你知道为什么吗？”

“因为这里是伯克利！”牟下了个简单的结论。

牟，也许也心知肚明，因为他的存在，让伯克利更加的“伯克利”！

牟，这样一号奇特的人物，他确实曾经活在你我共在的当代。可惜当你知道这么一号人物的时候，他已经走远……

那就去逛逛牟一手开创的牟氏书店吧，去看看堆积如山的二手书，去瞻仰一下墙面上牟抽着雪茄的英姿。也许，也为自己找上几本只要一毛三的二手好书。

寇帝书店谢幕

曾经是伯克利的招牌地标——寇帝书店，在走过52个年头之后，终于在财务不佳的压力下，在2008年6月20日正式画下休止符，也结束了寇帝书店半世纪以来的传奇。对伯克利小区而言，这个如同失去至亲老友的噩耗，不禁让人扼腕叹息。5月的时候，为了寻找一份伯克利的小路地图，才到过夏塔克街上的寇帝书店，没想到转眼不过个把月，寇帝书店已经关灯打烊。面对寇帝书店屋内全黑大门紧闭的经验，其实已经不是第一次了——从电报街上的总店，到第四街的分店——只是过去每一回在紧闭的大门上张贴的敬告声明，尾端总会标示寇帝书店的下一个新址。不过这回不一样了，寇帝书店已经正式熄灯落幕，永远走下曾经叱咤一时的风云舞台。

对于了解独立书店经营困境的人来说，寇帝书店的结束营业，应该不是太大的意外。近年来网络书店兴起，大大分食了原有的图书市场。独立书店早期约在40%到50%的市场占有率，最近几年几乎剧降到3%，惨淡经营的景况不难想见。多年来寇帝书店在财务困境的边缘挣扎，曾经睥睨一时的文化巨擘，这一刻，终于不支倒下。

寇帝书店能成为伯克利的一页传奇，自有它轰轰烈烈的事迹。

1956年，寇帝书店创办人——寇帝夫妇，最早在伯克利大学校园北面的尤克利路开了一庄小书店。拥有高学历的寇帝夫妇，一个负责挑选书目，一个负责打理财务，把书店经营得有声有色。4年后扩大规模的寇帝书店搬迁到了校园南面接近钱宁路（Channing Way）的电报街上。由于广受伯克利小区肯定，顾客人数持续增长，5年后寇帝书店再次搬迁到占地面积更广、位于电报街和海斯特街（Haste St）交口转角处的地址。这里也是后来寇帝书店声望达至巅峰时的所在地，一个深烙在伯克利市街的历史记忆坐标。

寇帝夫妇不仅开立书店，同时也是理想色彩浓烈的文化精英。他们积极参与各项政治与文化活动，寇帝太太尤其一肩挑起妇女运动启蒙者的角色。1964年当伯克利大学言论自由运动如火如荼展开之际，寇帝夫妇是当仁不让的声援者。1969年爆发人民公园抗争事件，当联邦警力的催泪瓦斯和警棍向伯克利校园南面的抗议者进行一波又一波的扫荡时，位在电报街上的寇帝书店更成了落难师生的庇护所。

寇帝书店除了成功首创高质量平装书的营销策略，还开启了邀请作家到书店为读者亲自朗读作品的先河。在寇帝书店的鼎盛时期，几乎每日都有来自世界各地的作家和诗人，到店里出席朗读会的记录。这其中还包括了诺贝尔文学奖、普利策奖得主，以及美国总统卡特和克林顿。

在早期文风鼎盛的年代，得有作者亲炙的读书会，不知掳获了多少读者的心。当时许多作者也以能在寇帝书店发表新作，视为个人写作生涯的荣誉象征。就在作者、诗人及读者齐聚一堂，彼此激撞出炫目火花的同时，也将寇帝书店的盛名一再推向声望的高峰，当时甚至有人将其誉为全美乃至于全球书店经营者的标竿。

根据寇帝太太的说法，寇帝书店的成功“在于我们聆听，并回应小区的需求”。寇帝夫妇可说是绝对的人道主义者，他们对于审查制度极度反感，书架上总是为读者预备了最多样化的选择。对于伯克利的左派分子来说，寇帝书店是他们汲取养分的重要知识宝库。寇帝太太说：“小区需要什么，寇帝书店就提供什么。”只是当网络在线交易的时代来临之际，寇帝书店却选择了回避潮流。

寇帝夫妇一手打造的寇帝书店在第21个周年纪念日，转手出让给了当时年仅30的罗斯（Andy Ross）。身为寇帝书店的拥戴者，罗斯也几乎一并接收了寇帝夫妇所有的热情与正义。1989年，拉什迪（Salman Rushdie）的《撒旦诗篇》激怒了当时的伊斯兰世界，而此刻寇帝书店的展示架上，正热闹推出拉什迪的这本大作。结果没过多久，寇帝书店遭人投掷燃烧弹，稍后又在店里发现未爆弹，一时间人心惶惶。老板召集书店员工经过一番慎重讨论后，决定一本店里向来支持言论自由的传统，不惜赌上个人性命，也要让拉什迪的《撒旦诗篇》继续上架，这也成了寇帝书店最为人津津乐道的光荣事迹。

寇帝书店在罗斯的经营下，也留下过炫丽风光的记录。1990年，书店门口挤了上千民众要一睹拳王阿里（Muhammad Ali）的风采；卡特总统的签书会，在短短两小时内卖出了1600本著作；书店二楼到访作者留下的140多帧黑白照片，是不朽的傲人勋章。1997年寇帝书店在伯克利西区的第四街开了第一家分店，2005年又在旧金山的斯托克顿街（Stockton St）开了第二家分店。一心秉持延续寇帝书店传统的罗斯，看来颇有打破窠臼大开大阖的气魄，只是面对网络书店的步步进逼，罗斯还是选择承袭寇帝书店一向回避的作风。这仿佛也预卜了对抗时代巨轮，必须付出的惨痛代价。

2006年寇帝书店位于电报街的旗舰店的落幕，至今仍是许多见证者眼中记忆犹新的伤痛。7月9日，这一天是寇帝书店50岁的生日，过了今朝，明天即是寇帝书店旗舰店关门谢幕的日子。精心布置了鲜花、气球、生日蛋糕和五彩丝带的生日会场，有人在偷偷擦拭眼角的泪水，有人忍不住还是叹息了两声。台上致词的老板罗斯，话说到一半悲从中来，只好由罗斯太太代为宣读未竟的讲稿篇章。本该开怀欢唱生日快乐的喜宴，终究掩抑

寇帝书店在夏塔克街重新开张的情景。

不住现场仿如告别式的凝重氛围。

关了本店，第四街和旧金山的寇帝书店依旧苦撑大局。7 月才切过 50 岁生日蛋糕的寇帝书店，9 月旋即由日本公司接手。这回只留下第四街继续独撑寇帝书店的老字号招牌。2008 年 3 月，第四街房租以 3 倍数成长，财力不堪负荷的寇帝书店，再次移转阵地到伯克利市中心区的夏塔克街上。新居 4 月开张，外墙上斗大的“Now Open”才新鲜张挂，结果 6 月还没过完，就在曾经也是寇帝书店的仰慕者与拥戴者的日本方面负责人香川裕久（Hiroshi Kagawa）的致歉声明中，鞠躬下台。

在两年不到的时间里，寇帝书店再次匆匆谢幕。曾是爱书人眼中的挚爱，仿佛接续再死一次，这样的情节未免太过沉重。

天下没有不散的筵席，寇帝书店终究走入了历史。只是寇帝迷的不舍与感叹之情，在寇帝书店步下舞台之后依然余波荡漾。有人说，寇帝书店提供的书目太艰涩，步调走得太慢，未能跟上网络时代的脚步，是它最大的致命伤。也有人说，老板罗斯关掉电报街上的老店，转移阵地到旧金山去是一大失策。丢掉自己发迹的根底，最是不智之举。电报街上的牟氏书店不也是风格特立的独立书店，多年来固守地盘，终能安然度过知识爆炸时代带来的风雨飘摇。

当然也有人不死心，心存一丝奢望，期待也许寇帝书店能和位在旧金山南方小城的开普勒书店（Kepler's Books）一样，在宣告倒店后，因为网友串联拯救，40天后又奇迹似的再度复活。同样的故事，会在寇帝书店上演吗？这一刻，没有人知道答案。

附记：2008年10月成立的伯克利艺术及文学（Berkeley Arts & Letters）协会，接续了寇帝书店邀请作者来为读者亲自朗读作品的传统。曾经在寇帝书店担任营销经理长达26年的Melissa Mytinger一手促成这项计划。2008年10月15日，在伯克利大学校园南面的第一公理教会教堂（First Congregational Church）举办了第一场读书会，后续还有更多作者、主编和各界文艺人士陆续登场。

莎士比亚与富士山

如何移动富士山——这道微软（Microsoft）公司面试新人的考题，曾经有一阵子在社会上引爆过热烈讨论的话题。

相较之下，《芬尼根守灵夜》（*Finnegans Wake*）的作者是谁——这道莎士比亚书店（Shakespeare & Co. Books）面试店员的考题，曾经引起的社会关注实在少得可怜，甚至可说是从不见经传，寂寂无闻。

这也难怪，莎士比亚的名气虽然不小，但知道莎士比亚书店的人恐怕就少了许多。还有，这里提的不是位于法国巴黎左岸的莎士比亚书店，而是伯克利电报街上牟氏书店斜对面的莎士比亚书店。

这样绕了半天，可不表示伯克利的莎士比亚书店就当真是无足轻重的小咖。事实上，莎士比亚书店开张的时间，比起1963年才搬到电报街上的牟氏书店只晚了一年，当然也称得上是电报街的元老级成员，而且在先后转手交到第三代店主人之后，迄今屹立不坠，是电报街上硕果仅存的几家独立书店之一。

《芬尼根守灵夜》的作者是谁？这道面试问题的答案，多年来已经成了想要成为莎士比亚书店成员的通关密语。虽然不曾有过应征店员的打算，但这道题目的答案着实令人好奇，于是上网查了一下，这一查却查出了兴味。

原来《芬尼根守灵夜》的作者，也正是撰写《尤利西斯》（*Ulysses*）一书的爱尔兰作家乔伊斯（James Joyce）。1922年，第一个为乔伊斯发行《尤利西斯》一书的出版社，正是法国巴黎的莎士比亚书店。为了缅怀这一段文坛佳话，伯克利这头也开了一家同名书店，而且还以乔伊斯撰写的最后一部长篇小说——《芬尼根守灵夜》，反过头来考问求职者知不知道它的作者是谁。

2004年才接手这家老字号书店的韦伯（Jon Wobber），之前在莎士比亚书店当了14年的伙计，不难想见，这家有着40多年招牌的老店，总会一定程度地萧规曹随，就像这道面试题目——《芬尼根守灵夜》的作者是谁，说

伯克利小城的莎士比亚书店专卖二手书。

来也算是老掉牙的考古题了，之前的老东家这样问求职者，现在的新东家韦伯如出一辙，也问同样的问题。看来这道面试题目的答案，俨然已为莎士比亚书店成员必备的基本常识。如果你不知道答案，依照韦伯的说法："其实你并不适合进入独立书店这一行。"

莎士比亚书店的第三代掌门人韦伯，早在学生时代就已经开始介入二手书贩卖的行列。27 岁才学会开车的他，一开始是靠着骑脚踏车、背着背包，到校园里兜售旧书。毕竟人力负重有限，这也练就了韦伯挑选旧书的精准眼光。

只是不论眼光如何精准，二手书店总难免给人汗牛充栋的感觉，位在电报街上德怀特街（Dwight Way）街角的莎士比亚书店，就是其中典型的代表。

走进书店的第一个感觉就是"满"。书架上的书本从地板开始层层累叠一路直顶天花板，只见直立、放倒再横插的书本，挤挤挨挨几乎就要满溢到走道上来。满坑满谷的书一下子塞爆了你的眼睛，就像强光让人顿时失去了视觉，在书海迷航中失落了方向感，一时之间弄不明白想要的书从何找起。

等逐渐摸索出布局与方位，一场惊人有趣的寻宝游戏，随即在你眼前展开。要找的书可能不见踪影，却遇见了不少意外的惊喜。循着一柜柜书架左右转进，这一回不必担心书海迷航，因为一抬头就望见悬挂在入口横梁上印有莎士比亚头像的 T 恤衫。店里展示出售的莎翁 T 恤，像一张宣告主权的旗帜，立在高处傲视群伦，不时指引你智慧人生的方向。

循着旅游指南来到莎士比亚书店的游客，自然也去了牟氏书店，群聚效应果然让附近店家雨露均沾。也许正如韦伯自己说过的："因为有了牟氏书店，所以才有莎士比亚书店立足的可能性。"韦伯也不妄自菲薄，他说："牟氏书店也可能同样受惠于莎士比亚书店的存在啊。"韦伯最后下了这样的结论："多样化是最好的生活香料。"

这样一个皆大欢喜的结局，真好。只是你被挑起的好奇心不禁回头要问：《芬尼根守灵夜》是一本什么样的书呢？会让人特地拿来当密语、当考题。Google 网上信息的几段叙述，或可初窥其貌：

> 这是一部融合神话、民谣与写实情节的小说，乔伊斯在书中大玩语言文字游戏，常使用不同国家语言，或将字辞解构重组……他甚至创造了 9 个 100 个字母长和 1 个 101 个字母长的单词。最有名的是：Bababadalgharaghtakamminarronnkonnbronntonnerronntuonnthunntrovarrhounawnskawntoohoohoordenenthurnuk，乔伊斯用 100 个字母拼成“雷击”一词，用包含日语和印度斯坦语等十多种不同语言中的“雷”字组成，模拟雷声不断……每一种雷声都有其时代背景……

整本书就好像文字迷宫一般，乔伊斯在小说中大量创造新词，来达到视觉与听觉的效果……这些文字常融合了法语、德语、意大利语、古希腊语、古罗马语等 60 多国语言与方言，有时一个单词中，一半是法文，一半是德文。他还打乱拼字规则，重新安排词序和句法，形成各式各样的双关语……

乔伊斯花了 17 年的光阴写这本书，晦涩难懂，读过的人并不普及，目前还没有中译本能够完整译出。

至于这本书的评价如何呢？ 1993 年的布克奖（Booker Prize）得主道尔（Roddy Doyle）说：“我只读了三页，就觉得天可怜见的浪费时间。”耶鲁大学的布鲁姆（Harold Bloom）教授却说：“这是乔伊斯一生的代表之作。”有人警告年轻朋友千万不要去看，因为实在太浪费时间，但也有人推崇其可媲美莎士比亚和但丁。乔伊斯自己曾经开玩笑地说：“希望这本书能让文学研究者至少忙上四百年。”作者都这样表白了，不论如何众说纷纭，这肯定是一本不容易看懂的天书。

令人好奇的是，莎士比亚书店里到底卖不卖乔伊斯的这本《芬尼根守灵夜》呢？还有，“如何移动富士山？”你有解答了吗？

有人说，富士山不过来，你就自己走过去。对于这本难搞的《芬尼根守灵夜》，对于一般寻常人等，看来最好是它别过来，你也别走过去，彼此相忘于江湖，最是圆满的结局。

如果你还是执意要移动富士山，不必通关密语，当下就可以直接告诉你答案：莎士比亚书店此时是有两本《芬尼根守灵夜》的二手书。两本都是同一个版本、同一年出版，一本比较新，一本比较旧。比较旧的一本只要 8.5 美元，比较新的一本虽然贵一点，也只要 9.5 美元。同款不同价，比貌也比型，这就是二手书店。你决定挑战哪一座富士山了吗？莎士比亚书店里随你挑。

电报街的疯子

电报街，伯克利出了名的一条街。只要来到伯克利的人，总不会也不该错过的地点。

由伯克利大学校园南门延伸而出的电报街，就像大学校园学海旁的一脉支流，一路向南与班克洛夫特路（Bancroft Way）、杜兰特路（Durant Ave）、钱宁路、海斯特街及德怀特街，交会织结成热闹鲜活的大学城生活网络——养分及养料、新鲜与污浊、新奇和俗艳，都在此得到交流与交换。

有人说，电报街是美国当代社会风貌的最新展示橱窗。六七十年代，电报街上有言论自由和反越战运动的接力火把，是举世知名的嬉皮街。80年代，电报街上街民和行乞者充斥。90年代，电报街是逃家青少年的终点站。跨越新世纪，电报街是旅游指南里推荐必游的观光景点。有人说，电报街的个性在蜕变，只是不管怎么变，这里依旧吸引着形形色色的过客——大学生、游客、庞克、怪人和街头游民——进出其间。

电报街，集怪诞、放浪及时代潮流于一身，自有其发展的历史渊源，而与伯克利大学校园的紧密依连，更注定了它不凡的宿命。电报街，像一条滚动的历史长河，因为接近大海，潮起潮落波涛脉动鲜明，也造就出不少攀上浪头峰顶的人物和商号。像是最为人所津津乐道的牟与牟氏书店、寇帝与寇帝书店。

电报街的摊贩商品，不乏出自艺术家的手工创作。

只是潮涨潮灭，有些老店在此发迹，经历一番世代交替，老将凋零，换上新血又继续前面的旅程，牟氏书店属于此例。有的在此开枝散叶，中途另栖他枝，之后再也未能落叶归根，从此消失在电报街的版图上，寇帝书店是其中的代表。电报街上的商店兴衰，又是另一番历史轮动的风光。

随着60年代遗老的凋零，有人说，电报街上嬉皮的空气变稀薄了，观光化的程度却越来越高。学生和游客成了支撑电报街的两大经济支柱，最能表彰民以食为天的餐饮，成了电报街一带街廓独大的生意。美洲、欧洲、亚洲、非洲、中东食物，一应俱全。如果再细一点分，以亚洲餐厅为例，中、日、韩、泰国、越南菜皆备。即便是中国菜，也有港式饮茶、水饺面食、传统中华料理等，任君挑选。如果你从台北来，可能还会对距离电报街不远的杜兰特路上的台北风味（Test of Taipei）感兴趣。

平日里散布校园各个角落的不同族裔的学生，一到用餐时间，多成了族群主义的拥戴者，也是味蕾记忆中妈妈的味道的追随者。于是在饥饿的召唤下，各自以发色、肤色和今天的菜色为依归，齐齐聚拢在各自所属的民族菜单的旗帜下。这种情况在亚洲餐厅里尤其明显。

伯克利的学生每日在电报街一带寻觅三餐，这里成了学生食物来源的狩猎场。于是哪里的汉堡牛肉给得最慷慨，哪家店的热狗最可口，哪里的日本菜最正点，哪里的优格滋味最好，哪里的甜甜圈最出名……全成了学生彼此交换的重要情报。校园里广泛流传的《加州人日报》抓住学生关注的这些话题，于是年年举办“伯克利之最”的读者票选活动——最受欢迎的店、最受欢迎的食物、最受欢迎的餐厅……拜广大的学生顾客群之赐，榜上有名的商家，多数都散布在电报街一带。

为了回报这群最坚贞不移的学生顾客群，电报街一带的商家有些也会贴心地配合这些“衣食父母”的时间作息，提供一些特别的服务。像是金屏甜甜圈店（King Pin Donuts）为了不让彻夜用功、半夜临时想吃些甜点的学生失望，营业时间从早上6点到次日凌晨2点，周日甚至还延长至凌晨3点。这样周到地为学生设想，难怪生意一做将近70年。

电报街一带像金屏甜甜圈这样的老字号商家固然犹在，但因应时代潮流变迁引进的观光商品，亦前仆后继地加入改造电报街风光的行列。对于难得来一趟电报街的游客来说，总要带走一些战利品，才足以昭告诸亲友自

电报街街角的壁画，记录了60年代的伯克利。

已曾经到此一游。

想给家里的老爷爷买个烟枪吗？Annapurna是烟品、烟具专卖店，货色齐备，在许多行家的眼里，电报街上就属这店最酷。

对于身材走样的老妈，就送她Tienda Ho来自埃及、摩洛哥、印度或巴厘岛的“大地之母”式样的宽松女装。若想到二手衣店挖宝，不妨试试Buffalo Exchange和Mars，也许还能挑中喜欢的Levi's古董牛仔裤。

想要选购和伯克利大学有关的纪念品，那不该错过Bear Basics。标示着伯克利加大logo的各式T恤、运动衫、帽子、袜子……甚至还有小到印有伯克利小熊标志的各色婴儿装。

想为自己留点特别的纪念，那就上Zebra刺青、打耳洞或是穿脐环吧。晚上想找个地方消磨时光，电报街上也不愁没有夜生活。Blakes on Telegraph是餐厅、是酒吧、是夜店，更是东湾一带出名的娱乐天地。40年代就在电报街上露脸的这家俱乐部，除了早年独霸一方的蓝调音乐外，还有现代摇滚、庞克、雷鬼、爵士、嘻哈及放克等音乐。只是要先打听好，当晚不是兄弟会或姐妹会之夜，否则只好整晚忍受大学生的尖叫。

拉萨-卡纳克草本公司（Lhasa Karnak Herb Company）取中国拉萨和埃及卡纳克作为店名的这家30年老店，葫芦里卖的药已露端倪。除了西方药草及烹饪用香料外，还有印度和中国的传统草药。来自东方古国的你，难道不想一探究竟吗？

电报街上果然多姿多彩、琳琅满目，只等着你去发掘和赏味。如果喜爱音乐，怎可错过号称旧金山湾区最大最好的音乐商品专卖店Rasputin Music。如果想要一睹寥落的嬉皮风采，不妨到Café Mediterraneum（地中海咖啡）碰碰运气，那里是60年代遗老喜欢聚集喝咖啡的地方。

如果实在嗅不出任何一点电报街的历史遗风，那就浏览一下电报街和海斯特街转角上的壁画吧。60年代的伯克利历史性一瞥，就凝结在两相对望的路口墙面。看画的眼角余光要是再往街边空旷处延伸，和电报街的身世紧密相连的人民公园就在前方。不去看看吗？只是这样算下来，一天的时间可能不够花用。还好提供住宿的饭店旅馆，电报街上就有一家，另外3家也都分布在附近的杜兰特路上。

除了商店里头的奇异天地外，不能错过的当然还有电报街人行道上的摊贩风光。这里有不少出自艺术家巧手的各色商品，像是手工相框、陶瓷、花瓶、图画，最受女性青睐的耳环、项链、手环、首饰，以男性为诉求的皮饰、皮带、扣环，还有男女老少不拘的T恤、标语图像、贴纸胸章、面具、香……当然少不了60年代的嬉皮制服——手染彩衫。

另外，还有现场纺纱编织毛线帽的、为人细细编结发辫的、随客人挑选图样帮人刺青的……暂时没有顾客上门的摊位主人，有人手里捧着书本在阅读，有些即使看惯了电报街上的人来人往，依旧执拗地不给游客拍照，相机镜头怎么转，他们的背就跟着怎么抵挡曝光。有些想更省事的，干脆起身离开摊子，让游客拍够了再回来。

电报街上的风光，岁岁年年在变。商店在更迭——独立商店和大型连锁店正此消彼长。行走其间的人在变——我行我素的嬉皮少了，一身披披挂挂的游民也少了。就连电报街上的树也时有更替。也许经不起来往行人杂沓，80年代由校园史报广场（Sproul Plaza）一路延伸而来的梧桐树，到了90年代换上了乌桕，而今又有梨树来代替。

只是不管电报街如何变化，这条街上永远不变的风景，是人潮熙来攘往中那一张张年轻的学生的脸。每年新学期一开始，就如新的浪潮般涌入另一波阳光而稚嫩的脸，也让电报街这条不停涌动的大河，永远簇拥着一群群20岁上下青春的面孔。电报街，80年代让我首度受到文化冲击洗礼的地方——奇装异服的陌生客、怪里怪气的说话语调、像是刚从垃圾堆里捡出来的商品货色……刚到伯克利的第三天，好心的同学带我去见世面，电报街上的人事物果然把人吓唬得厉害。

之后，时间久了，次数多了，慢慢就见怪不怪了。尤其后来全球化的浪潮席卷全世界，地方性的文化差异越来越小，要再见到初出飘洋过海的年轻女孩为异国文化惊吓战栗的场面，恐怕已是难上加难。不过这并不代表电报街上就不再有怪人怪事。艳阳高张的秋老虎让人难耐，那天我走在电报街上撑起了小洋伞，我想，那一刻电报街上大概就属我最作怪。

不过再怎么怪，还是怪不过早年那些街头游民吧。一头纠结的乱发，身上支离破碎披披挂挂的衣履，有的趿着几乎只剩鞋底的破烂鞋子在过马路，有的推着装满一生家当的超市手推车在街头四处游走……那样目空一切的眼神，那样毫不迟疑的步履，你觉得那灵魂是活在另一个时空。

当初让人惊吓的街头浪人，如今却已难觅其踪。这才低头缅怀起 80 年代的街头游民风光，迎面正好走来一个指手画脚喃喃自语的小疯子，你正狐疑游民年龄有明显下降趋势。

待小疯子走近，这才发现年轻人的长发遮住了隐藏式耳机，收音的麦克巧妙地收在你看不见的地方。他，正和远方的友人在通话。

于是，这边才错身而过一个，左前方、右前方又出现一个个相仿的“复制人”。他们对着空气说话，一会儿是手舞足蹈、一阵歇斯底里狂笑的疯子，一会儿又是声色俱厉当众骂街的怪胎……

游民风范不死，拜科技之赐，他们正以另一种变身优游于电报街上。

人民公园四十年

人民公园就位在伯克利大学校园南面，由电报街、海斯特街、鲍迪奇街（Bowditch St）和德怀特街围塑而成的一方绿地。

公园左右两侧有绿树和丛灌环绕，中央是一片开阔的草坪，草坪北端接近海斯特街上设有一处篮球场——这些大概就是你从公园外围得到的公园印象。

至于公园的内涵，其实你知道的并不多。知道的，多半也是听来的。因为平日里你总是尽可能的不经过它。即使必须经过它，也总是远远地走在对街的人行道上，偶尔拿好奇的眼光顺路窥看它几眼，然后又如畏罪潜逃一般匆匆把眼光收回。

这样躲着它，避着它，当然不可能看见林荫森森的树丛间有花园，有菜圃，有野餐桌椅，有洗手间，有儿童游戏场……机能上“四体健全”，就和小城里任何一座邻里公园一样。

说是一样，其实还是很不一样。

说到公园的“身世”和“地位”，可有份慑人的履历表。这处沾着伯克利大学校园20世纪60年代末期的言论自由运动及反越战示威的革命血液诞生的公园，一开头便石破天惊。有人要它生，有人欲其死，最后虽然存活了下来，但几十年来吵吵嚷嚷，仍不得验明正身。这里是伯克利小城伤口最深的地方，你不知道什么时候，这痛处又要再发作一次。

这样一处原本流着正义“反动”血液的公园，竟让人敬而远之，和它后来成为游民聚集的大本营脱不了干系。加上偶尔传来的枪击、犯罪、毒品等地方新闻事件，总不时绕着这附近打转，更让人警醒地要和它划清界限。

虽然说要回避它，其实也并不容易。人民公园就位在大学生活圈最精华的地段，只要在校园南面进出，时不时就会遇见它。

有回路经公园东边树林旁侧人行道，仗着绿木掩护，放胆往公园深处望去。当时天已经大亮，未至晌午，公园里树林间一个个藏身睡袋、裹进被褥横倒在地的过客，此刻好梦正酣。绿树像站岗的卫兵，静静地为他们守护。不管白日里他们的红尘岁月有多荒凉、邋遢的衣履有多荒唐，当臭皮囊沉沉睡去，一切只剩下温柔的灵魂。

这里像一处林野间的营地，四下一片祥和宁静。你很难想像，四十年前这里曾经有过群众和警方对峙叫嚣、砖头瓶罐与子弹齐飞的混乱场面。

1967 年伯克利校方买下人民公园所在地的产权，第二年移除完地上房舍，先整理成一方空地，静待建设经费到位。结果这片闲置空地不久即沦为废物堆弃场，成了附近居民的眼中钉。在当时积极争取言论自由、公民权及反越战等社会氛围的催化下，当地居民和附近商家共同商议出要将这片空地辟垦成公园的刍议。校方的私有地产碰上人民的顽强意志，从此激越出人民公园喧嚣扰嚷的岁月。

未先征得地主同意，1969 年 4 月 20 日，地方居民卷起袖子，在空地上种树、栽花、植草，用力浇灌属于大众的公园。

居民这番行径，看在校方眼里，毋宁是一群无赖跑到自家的院子里来撒野。但对于大力为人民公园催生的大义凛然之士来说，校方更该摆脱独占者、支配者的霸气角色，和校园附近的邻里小区和平分享资源。

在双方无法取得共识的情况下，5 月 15 日，星期四，终于爆发史上有名的“人民公园事件”，结果造成一名学生丧命，一人终身失明，数十人受伤的流血悲剧。流血冲突事件过后，人民公园所引发的对立仍未终结。在往后的一二十年岁月里，只要校方在公园里有所作为——铺篮球场、设停车格，立时引来居民的抗议和拆除。同样的，居民的周末音乐会遭警方断电，在公园里搭建的休憩座椅被警察全数移除。双方你来我往，大小冲突与纠纷不断。

1991 年，人民公园在大学校方和市政府双方签署的和平共管条例下，终于出现可望免于冲突动荡的日子。只是 1991 年 7 月，随着校方沙地排球场的辟建，短暂风平浪静的海面又掀波澜，校方的这项举动被居民解读成建设计划的前奏曲，于是长达 10 天以上的冲突场面再度现身。

1996 年公园共管期限届满，当时的校长田长霖主动出面斡旋。在获得

临时搭建的历史墙上，展示着人民公园的老照片。

校方董事首肯以及市政府的配合协助下，漂泊多年的人民公园终于得偿夙愿，守住了绿地空间的革命本色。

人民公园的命运也许毋须再流浪，但流浪的游民却为人民公园割裂另一道伤口。从 80 年代末期开始，游民便成为人民公园里警方全力驱逐的对象。其伴随而来的犯罪、毒品等问题，也让校园警察全面告诫学生和人民公园保持安全距离。

人民公园从最早的民众运动，转换成了治安问题，在校学生的态度也由早期的并肩作战，转化成分歧的多元意见。赞成和支持公园绿地的学生自然大有人在，只是随着校园人数的逐年激增，面对一房难求的窘境，对于新世代的年轻学子来说，赶走游民，兴建宿舍，也许才更符合他们的期待。

年轻人现身，嬉皮后继有人。

当年一群嬉皮纵放的一把野火，几十年来烟烟袅袅不曾熄灭。2009 年 4 月，人民公园欢度了四十周年纪念。

在长达一个星期的庆祝活动里，有音乐会、影片欣赏、药用大麻庆祝会、健康博览会、元老论坛和读诗会。4 月 26 日星期天，在公园正中央的绿茵草坪举办的压轴音乐会，从中午 12 点唱到晚上 8 点，舞台前草地上远远近近都是人。

这一天，穿着手染彩衫的嬉皮来了，赤身裸体的男女现身了，带着大狗、推着婴儿车的大人和小孩来了，顶着庞克头的年轻人出现了，为抗议伯克利校方在纪念足球场下方造屋砍树，头一个爬上橡树林的坐树人“奔跑之狼”（Z. Running Wolf）带着与他如影随形的浓烈印第安药草熏香也来了。

草地上的人群或坐、或躺、或站，或四下游走。有的在和老友寒暄，有的在认识新朋友，有人在草坪后方贴着老照片的历史墙上张望公园的身世，有人正低头享用“食物不是炸弹”（Food Not Bombs）协会提供的免费素食，也有人趁势为自己即将发动的下一波抗议行动广为宣传，但更多的人始终把目光的焦点投向最前方的舞台。

舞台上主持人介绍出场的是 40 年前曾亲身参与公园创建的元老级人物茱莉亚。茱莉亚接过主持人的麦克风，开口讲述的不是人民公园昨日与今日的种种，而是关于自己昔日的革命伙伴、目前正罹患癌症的另一半。她带了亲密战友的口信给大家，要大伙儿注意身体保健，有病一定及早检查……殷切之情溢于言表。至于人民公园，也许已经说得太多，在台上她一字未提。

岁月催人老，当年意气风发的一群绿地豪杰，终究逃不了“官因老病休”的生命困境。人民公园的捍卫战士，后继有人否？校园刊物上一名学生发表的感言倒是颇引人注目，他说：“有一天，人民公园的命运总是会落到我们这一代的手中来决定。”

人民公园的明天会如何？建立在别人土地上的家园，谁也说不准。

你读诗了没？

你有多久没有读诗了？上一回读诗是什么时候？如果你经常在伯克利校园一带出没，时间肯定不会太久。

这里有一群有心人，无时无刻不在为你费心找人朗读诗句。

杜尔图书馆（Doe Library）称得上是积极发动这项活动的大本营。开学第一个星期，有心人便找来校园里十个不同领域的十位教职员工，为你朗读他们精心挑选的诗篇。

杜尔图书馆的午餐诗会（Lunch Poems），从开学第一周声势浩大的拉开序幕后，接下来便是每月一回邀来诗人为观众朗读自己的诗作。排定登场的诗人和场次情报，早已刊印在精心制作的海报上四处发送。

除了杜尔图书馆的诗会外，一向是学生活动最热闹鲜活的惠勒馆（Wheeler Hall）也有读诗会。"Holloway 诗歌系列"（The Holloway Series in Poetry）由英文系主办，一个拥有五六位诗人教授的文学系所，大张旗鼓地鼓动诗潮，自属理所当然。

另一个由学生一手主导的"伯克利诗歌回顾"（Berkeley Poetry Review），诞生于 1974 年，多年来不仅定期举办读诗会，也发行年刊。他们为诗坛新秀提供发表园地，也在读诗会上为新人预留舞台，只要你有诗作，又有诗

校园文艺盛事多假杜尔图书馆举行。

胆，走上台去为观众大声念出你的作品，下一个明日之星可能就是你。

这些诗社每月固定举行一回读诗会，再加上其他零星的读诗事件，校园里几乎周周都有人在不同的角落为你朗读诗句。尤其拜现代科技之赐，这些校园读诗会场现况几乎都可透过网络观赏。如果你错过了现场，网络播放可以轻易帮你弥补缺漏的环节。有心人果然天罗地网地为你铺陈了“有诗为伴”的生活条件。

午餐时间的史报广场，一向是校园里人潮最汹涌的开放空间。有心人在史报馆（Sproul Hall）前台阶上安置了讲台，讲台左侧折叠椅上坐了一溜……七、八、九、十位嘉宾，一场露天读诗会就这样上演了。

这些站在台前为你读诗的来宾，有毕业校友、有教授、有在校生、有学校员工……最酷的是，还有身穿制服的校园警察。他们选读自己喜爱的诗作，也有爱现的在校生把握住机会，为这次演出用力舞文弄墨了一番。不论是个人精选，抑或是个人最佳力作，一声声诗句就在光天化日之下，透过扩音器向四方强力放送。

这时候，如果你正往电报街的方向寻觅午餐，或是刚巧从学生中心走了出来，又或许你只是习惯坐在史报馆前的喷泉旁边观看人来人往……总之，只要你正好路过史报广场附近，那么随着扩音器飘送而来的诗句，一不小心便都钻进了你的耳朵里。有心人把读诗的火烧得这么猛，这么烈，这么旺，旺到你在不经意间就听见了诗人的歌咏与叹息。

你以为离开了伯克利校园的范畴，便脱离了诗的暴风圈？就在距离校园不远的电报街上，由小区居民当家作主一手筹办的读诗会，轻易便打破了你的迷思。

你不信？到牟氏书店的网站上去查看一下，那样铺天盖地一长串曾经到访过小城的诗人名单，就像展开中国画的卷轴一般，一路往下舒展延伸，上头诗人留下的朗诗语音记录就成了最佳落款。至于那些排定了即将到访的诗人，消息早在大半年前就已经 Po 上网。时间一到，诗人就会陆续现身，继续为小城读诗的薪火再添柴薪。

你说，电报街就像大学校园学海旁的一脉支流，这条河拥有和大海一样的盐分，本是地球科学里的真理。河与海、海与河，自来相濡以沫，互通有无。校园南面涛涛一片朗诗声，不足为奇。

那么以住宅小区为布局的校园北面，理当足以抵挡诗潮入侵？

这里少了商家可以栖身，亦无诗人墨客容身的公共场域。有的只是公园绿地，白云苍狗——咦，还有隐身绿地公园苍郁橡树林间的伯克利艺术中心（Berkeley Art Center）。就在你惊奇发现新大陆不到几天的光阴，一张指向艺术中心的读诗会宣传告示，随即便给了你当头棒喝。原来你想像中诗潮淹不到的地方，亦宣告失守。

诗，这回舍弃水路，改奔伯克利丘的山径，一路翻山越岭攻城略地。终于你不得不相信，这座小城早被诗人所占领。

诗人占领小城的迹象，再没有比市中心区的事证更为明确。

艾迪逊街的诗道上，诗句就明目张胆地镌刻在人行道上。只要你不肯抬头挺胸地走路，各样风格迥异的诗句，随时都会飘入你的眼帘。这回不劳海报宣传，不必扩音器助威，也不用网络实况转播，铁铮铮的诗句就在你脚前、在你眼下，你就是最佳的朗读者。这一刻，终于轮到你上场演出。

小城里除了有坚实刻镂的街道诗句，一年到头如涓涓滴流的读诗会，有心人更将诗的触角伸向社会议题，让你在意想不到的时间和空间，听见诗人用诗的言语在向你述说一个重大事件。

你听说过谁用读诗的方式来挽救大地生灵？见识过谁用读诗的手段在推动环保运动？分水岭环境诗歌节（WATERSHED Environmental Poetry Festival）十几年来持续用诗在唤醒谬误的人心、重新揭露人与大地之母紧密依存的关联。这群诗人坚持用诗的言语为地球申言，要重新释放被埋入地下的涓涓溪流，要为小城找回失落的大地血脉——草莓溪（Strawberry Creek）。

那一天，如果你正好路过小城的市中心区，可能遭遇一行人看似无厘头地在美国银行（Bank of America）广场、在艾迪逊街、在金博士纪念公园之间持续转进。他们每停留一处，就有人语音切切地发表谈话，有人满腔热怀地朗读诗句。在黑暗箱涵中摸索入海的草莓溪就在他们脚下，他们此刻正踩着小河的坟冢前进。

你有多久没有读诗了？只要你时常路过伯克利市中心区，每年总有那么一天，你会撞见一行人在小城的某个角落无厘头地读起诗来，同时还伴和

牟氏书店也举办读诗会。

着用麦克风收音的不见天光的草莓溪的呜咽。

伯克利大学校园里的草莓溪水，不时闪动着天光，河畔风光依旧明媚。

就位在草莓溪畔的女性教职员俱乐部（Women's Faculty Club），算得上是校园里最不张扬的少数族群。她们的成员人数相对简约，机关规模相对小巧，她们也找来诗人为你朗读诗句。

你想像过吗？当梵高的《星夜》变换成一首诗，那颗又火又亮的金星在诗里该如何闪动？《黄屋》里的那两扇门，在诗里会如何对话？女诗人也是女教授的 Marilyn Chandler McEntyre 用诗句将梵高的画作写成了诗集。

当着色的画，变成文字的诗，再变成悸动的音波，那诗句便沾上了颜色，感染了温度，就像梵高的画一样有了火热的生命。

窗外冬日的黄昏已经暗无天光，屋内晕黄灯影里的人们，正沉浸在诗人和画家相互辉映的光影里。梵高的画一张张打上屏幕，女教授的诗一句句倾吐而出。梵高的画这样炽热鲜明，女诗人的音调这样温柔恬静。诗与画，画与诗，在光影递换间阴阳调鼐、刚柔互济，这就是“诗中有画，画中有诗”的另一番情境吧。

女性教职员俱乐部——这样小众这样娴静的一个单位，也找来诗人朗读诗句。校园里这把读诗的火，不仅烧得猛，烧得烈，烧得旺，更以星星之火的姿态，四处燎原。

在午餐时间的史报广场上，随便找个学生来问校园里最受欢迎的教授是谁，大概八九不离十，答案都是 Alex Filippenko。

如果再问校园里最 hot 的课程是哪一门，十之八九总会听见“天文学 C10”的答案。

Filippenko 受学生欢迎的程度，早已不是新闻。校园票选的“最佳教授”头衔，他至少已有五回摘冠纪录。由 Filippenko 教授的通识课程“天文学 C10”，自然也成了学生之间口耳相传挤破了头都要抢修的热门课。

于是，一个挤了七百多个学生的大讲堂，在探索过宇宙黑洞、大爆炸、暗能量；在窥伺过宇宙年龄，数算过太阳与星星，侦察过外层空间生物……在最后的一堂课，Filippenko 教授出人意料地朗读了物理学大师费曼（Richard Feynman）的一首诗来作为总结。

校园里这把读诗的火，果然烧得又猛又烈又旺。旺到跨越了科系樊篱，旺到和宇宙星辰争辉。费曼大师的诗句经 Filippenko 教授这一念，地球上至少有七百多人听见。

这首费曼大师的诗作，是这样开头的：我独自站在大海边，开始思索……（I stand at the seashore，alone，and start to think...）

到底费曼大师在大海边思索了些什么？你不好奇吗？如果现在就动手去翻找费曼大师的诗句，那么距离你下一回读诗的时间，肯定不会太久。

梅贝克的巧思

坐落在德怀特街和鲍迪奇街交会口的第一基督科学教堂（First Church of Christ，Scientist），是伯克利城内唯一的国家级地标建筑。建成于1910年，由伯克利大学教授梅贝克所设计的这座教堂，不仅是旧金山湾区重要的纪念性建筑，同时也被公认为是梅贝克的生平最佳力作。

有关这座教堂的兴造过程，至今仍流传着一段让小城居民津津乐道的往事。

原来在20世纪初期，第一基督科学教会为了在伯克利小城兴建一座教堂，成立了一个筹备委员会。委员会成员在考察过梅贝克为诗人基勒（Charles Keeler）在北伯克利丘设计的住宅后，决定邀请梅贝克来为他们设计教堂。

某一天，委员会的五位代表——恰巧都为女性——来到梅贝克位在旧金山的事务所，详细阐述了她们想要建造一栋符合其教义精神，而且造型简单的教堂。

当时梅贝克的反应是，他的确可以设计一栋里里外外都一样简单，而且绝不让教会蒙羞的建筑，“但是我想你们大概不会喜欢。”梅贝克还提醒说，其实他比较倾向采用粗犷的材料，以及当时还尚未流行的水泥建材，他请来客再三思。

第一次的会面，梅贝克并未接受五位女士的邀约。

伯克利的女人岂肯就此罢手。两个星期后的会面，五位女士真挚的理念与诚恳的言谈，让梅贝克想起早年在法国南部建立罗马教会的奠基者，于是他开始认真想像自己要是生在12世纪，该会如何协助虔敬的信仰者建造教堂。这一回，梅贝克答应接下这份工作。

梅贝克设计的第一基督科学教堂，不仅融合了罗马、拜占庭及哥特形式的西方建筑特色，回应当时风行于英美两地的艺术及工艺运动（Arts and Crafts Movement）风潮，建筑外观也同时援引了东方风格的日本美学。大胆创新的梅贝克，更将他崇尚与自然融合、讲究手工艺的作风，在这栋空前的创作里，作了最淋漓尽致的表现。

早年梅贝克的父亲原本希望他能继承木工家具厂的家业，后来梅贝克留学法国期间虽然临时起意改学建筑，但家传渊源的木雕工艺美学品味，显然已经渗入他的思维，教堂里的木雕艺术和木制家具都属上乘之作。

正如梅贝克最初所言，他选择了粗犷而且现代化的材料来建造教堂。钢筋混凝土、工业产出的铅玻璃、石棉板，以及未经加工修饰的木料，在梅贝克的巧妙运用下，有了让人意想不到的效果。

教堂建筑内部，支撑全局的四根水泥罗马立柱，柱头饰以繁丽雕饰及金字书写。大跨距十字交错的粗砺红木横梁，以金色、蓝色及红色烙印着拜占庭式的神殿装饰花样，在上下横梁间则嵌以哥特式的漆金网眼图案。梅贝克又借由雕花垂灯的人造光，以及从窗外映照进来的自然光，彼此交错投射制造光影，来强化结构纹理及色泽变换之美。

教堂四周菱形及矩形的窗棂雕琢，带着清雅简洁的日本风。梅贝克更在窗户周边搭出让紫藤花牵藤引蔓的红木花架，微风吹过，微颤颤的紫藤花影穿透暖色调半透明玻璃窗，为静默的教堂四壁添上灵动的花枝剪影。梅贝克再度巧妙捕捉了光影与空间变换间的视野纵深。

除了大块文章的精巧布局外，教堂里的细节布置，亦处处可见梅贝克的

第一基督科学教堂是伯克利城内唯一的国家级地标建筑。

用力着墨。

讲坛立面一片蓝底水泥预铸雕花，其上几笔绿色棕色漆染，又加了金色缀边，这样的艺术表现，大概很难在其他的教堂圣殿里看见。如果仔细观察，在草木繁花图案间有几道不符构图逻辑的线条，这是当年制作过程中失手留下的刻痕。为了节省开支，在将错就错的变通下，为教堂轶事多添

梅贝克用钢骨窗框及铅玻璃建造教堂，是史上的首例。

了一笔典故，也为当时建造经费的不够宽裕，留下了实物证据。

位在圣殿旁侧的壁炉间，横梁染印和木雕手法更见粗犷写意。沿着屋脊对开的狭长天窗，以及红木立体十字交错吊灯，让室内同时有了自然光及温暖柔和的晕黄灯影，冬日里若再加入壁炉里跳动的火焰，这座教堂果真如当初委员会所期待的——有像家一样的感觉。

梅贝克大量运用现代化的工业产品来建造教堂，在当时算是个大胆的创举。他运用的手法不仅前无古人，而且经常还得再三关照材料供货商放心送料。因为这些一辈子靠材料营生的传统商家，不仅从未见过用石棉板来作教堂的外墙，拿钢骨窗框镶进教堂建筑，更是头一回见到。

其实，当梅贝克选择以现代化的材料、非传统的手法来建造教堂时，就已经注定了必须花费额外的时间，来说服他的雇主及材料商。创新的教堂建筑外观，也让梅贝克被盖棺论定的一生最佳力作，未能在建筑落成之初即一举成名，而是过了好几年之后，当人们慢慢熟悉了它的“新奇”造型，才进一步逐渐体会出它的经典神髓。

梅贝克除了插手教堂建筑及装潢布置的各项细节外，户外庭园也由他一手担纲设计。

在教堂主体建成后两年，花园也正式完工。早年只要教堂或庭院有任何变动，执事单位都会先征得梅贝克的同意。只是漫漫岁月已逝，现今除了部分紫藤花仍是早年栽下的外，其他设计原稿里的洋红九重葛、粉色天竺葵、蓝花绣球以及紫色薰衣草等，如今都已不复见。

繁花总有落尽的时候，屹立的教堂建筑却益发散放光彩。

伯克利城内这栋于2010年正式迈入百年纪念的教堂，是全美建筑年鉴里鲜少缺席的建筑力作。梅贝克的巧思，值得现场亲炙并细细品味。

附记：教堂旁边的主日学校，建成于1929年，由梅贝克完成概念设计草图，并由梅贝克的学生格特森（Henry Gutterson）接续完成细部设计。

才女摩根

如果听伯克利人谈论建筑，闲话家常里最常被提及的建筑名人，大概非茱莉亚·摩根（Julia Morgan）莫属。

摩根女士以其一介女子能在20世纪初期仍以男性为主的建筑领域崭露头角，自有其过人之处。不过也可能因其身为女性而从事以男性为主流的专业，所以特别容易攫住世人的目光，因而较同一时代、同样杰出的男性更受到推崇，也未可知。

伯克利人喜爱茱莉亚·摩根的程度可以慢慢琢磨推敲，不过可以确定的是，由摩根协助装饰设计，而由霍华德一手主导的伯克利校区赫斯特矿冶纪念馆（Hearst Memorial Mining Building）于1907年正式落成后，雍容典雅的建筑造型，即刻博得外界高度喝彩。建筑界的新起之秀摩根，亦从此受人瞩目。

说起伯克利才女摩根的崛起，其实有过一段艰辛的过程。出生于旧金山、成长于奥克兰的摩根，1894年从伯克利大学毕业，是最早取得土木工程学位的少数女性毕业生之一。受到梅贝克教授的感召，摩根决定远赴法国国家美术学院学习建筑。摩根在1896年抵达巴黎，无奈校方从不接受女性就读，摩根迟迟不得其门而入。就学意志坚定的摩根，接下来几乎参与了欧洲所有重要的建筑竞图赛事，而且多有所斩获。两年后她终于得偿心

艺术中心内部空间仍不失昔日圣殿的气氛。

愿，成了法国国家美术学院招收的第一名女学生。学成后的摩根于 1902 年回到加州，先是在霍华德的事务所协助绘图，接着便展开了她个人丰富精彩的建筑人生。

经历百年淬炼，历史长河里的茱莉亚 · 摩根，不再只是当年霍华德身边的助理角色，只要提到赫斯特矿冶纪念馆，也必定会带到摩根的芳名。不过摩根之名让伯克利人视如亲人故旧，应该归功于她成立个人事务所之后，在伯克利设计了大量的住宅建筑，地点遍及伯克利北区、东区及南区。

有句俗谚说：“不好的住宅设计，可以让人每天出门都跌跤三次。”摩根女士兼具造型美感与实用功能的建筑作品，显然为她赢得了不少人心。随着永世传承的宅第家园，也让摩根的魅力在伯克利邻里巷道间渊远流长。

除了私人住宅外，摩根也接受一般机构委托。原来位在伯克利大学校园南边学院路上的圣约翰长老教堂（St. John's Presbyterian Church），便是摩根在东湾设计的第一栋非住宅建筑，同时也被视为摩根的经典代表之作。其后因为教堂搬迁，这里一度作为世界音乐中心的会址，后来则成了茱莉亚·摩根艺术中心的永久所在地。

1906 年旧金山大地震发生过后，许多人纷纷逃离旧金山灾区，往海湾对岸的伯克利搬迁。不少移民家庭加入了当时的伯克利第一长老教会，使得教会人数激增。长老教会顺应需求，随即展开教堂的扩建事宜。

新建教堂由茱莉亚·摩根担纲设计，于 1910 年完工揭牌。由于信仰会众多来自旧金山的圣约翰长老教会，伯克利新落成的教堂亦沿用旧称，立上了“圣约翰长老教堂”的牌匾。

依据长老教会希望能以最经济的价格建造教堂的指示，摩根用了厚实的山墙、着色木片瓦及墙板，来营造低调典雅的建筑外观。教堂内部墙面及屋顶横梁则以线条利落的花旗松螺柱及条板，采用木料外露的结构方式，烘托出礼拜堂祥和隆重而又不失视觉趣味的圣殿空间。栉次鳞比的立柱与横梁虽然少了繁丽雕饰，却颇有营造出欧洲中世纪殿堂氛围的整体气势。

教堂的室内装置也秉持摩根一贯简单利落的风格。除了满室木头的自然色调外，教堂四壁开了天窗引入自然光，另外她又以木料加铁件设计了造型优雅的吊灯。吊灯上毫无遮掩直接外露的灯泡发出的阴晕光影，混合着穿透烟熏玻璃天窗的自然光束，在四围木造空间暖色调系的调和下，小巧的教堂散发着舒适宁静的气氛。也许是空间结构适中而且用料恰当，圣堂里的声音共鸣效果出奇的好，这也为教堂后来转而作为艺术中心埋下了伏笔。

茱莉亚·摩根艺术中心仍保持教堂外观。

随着会众人数增多，1975年圣约翰长老教堂搬迁到一个街廓以北的新建会所。1974年即出空的老教堂，却面临随时可能被拆迁的命运。伯克利市民为了抢救这栋处于风雨飘摇中的建筑，也间接促成了专以保存重要建筑资产为目的的伯克利建筑遗产协会（Berkeley Architectural Heritage Association，BAHA）的诞生。

1974年，美国东方艺术协会创办人买下这栋教堂，随即进行舞台及教室改装，紧接着即成立了世界音乐中心。只是不到一年的时间，老教堂再度易主，不过这栋建筑作为艺术中心的角色，在小区邻里间已逐步凝聚出共识。1980年，非营利组织茱莉亚·摩根艺术中心正式挂牌运作。

从此，茱莉亚·摩根艺术中心成为许多艺术团体的发展基地，像是伯克利歌剧（Berkeley Opera）、伯克利芭蕾舞剧场（Berkeley Ballet Theater）都以此为家。1989 年艺术中心又进行了一次翻修，这回增加了观众席的座椅，灯光及音效全部更新，另外还新添了芭蕾舞专用舞台。

20 世纪初期的典雅教堂，彻底变身大学城里的艺术表演中心，多年来季季满档的艺术演出以及各类文艺活动，都以才女摩根为名的据点彼此联结互动，并在小城里无远弗届地相互传播。

以建筑师之名标示建筑，在同一世代的建筑设计师当中，大概只有摩根女士享此殊荣。茱莉亚 · 摩根艺术中心将世代传述有关美的事物，而茱莉亚 · 摩根也成了伯克利人口中永不消逝的名字。

寻找猫头鹰

在许多建筑行家的眼里，别具艺术气息的棕色木片屋（Brown Shingle House）是最能彰显伯克利住宅建筑特色的精华之所在。在20世纪初期，棕色木片屋几乎和伯克利画上了等号，北加州最美最好的棕色木片屋，都在伯克利小城。

19世纪末，任教于伯克利大学的梅贝克教授已先预见伯克利小城持续不歇涌入的移民，势必带动伯克利丘的建筑开发，于是早先一步提出了“与自然共生”的建筑艺术和理念。也是这样的理念，深深打动了他的诗人朋友基勒，于是两人联手在校园北面建造出了要作为伯克利丘建筑典范的诗人之屋。

诗人之屋如山脊般高耸的陡深屋宇，以山的意象显影，又以红木原料木片瓦与周遭的荒野橡树相呼应，既与自然共生，也与自然共色，典雅质朴的建筑外观，恰与伯克利丘璞玉浑金的天然景致相互辉映，这也触发了以守护伯克利丘建筑发展为使命的山边俱乐部的成立。

受到当时英美两地风起云涌的艺术及工艺运动的启发，在“造型简单，与自然融合”设计理念的推波助澜下，棕色木片屋正好具体呼应了当时的潮流脉动，也成了山边俱乐部大力鼓吹的建筑形态。加上建筑专业彼此间的呼应唱和，在当时几位建筑名家，如梅贝克、摩根及考克斯海德（Ernest Coxhead）等带领风潮下，棕色木片屋不仅成为19世纪末、20世纪初伯克利建筑型式的主流，同时也反映了当时中上阶层的价值品味。

正当近几年“绿建筑”举世风行草偃之际，就有人指出，伯克利小城早在19世纪90年代即出现的“与自然共生”的建筑原型，其实就是最早的绿建筑。也许绿建筑的概念果真早早就潜伏在19世纪末的湾区小镇，只是当年适足以反映绿建筑的周边技术与材质，显然远不足以媲美今日精进的水平。1923年，北伯克利区由焚风引燃的一场滔天大火，抛下了无情的淬炼和考验。

这把从午后开始烧起的山谷野火，尾随犷烈的焚风，一路由北而南朝着校园北面无情袭卷而来。大约有上百名学生沿着校园北边的赫斯特街一字排开，不让火苗有往校园突围飞窜的任何间隙。小城邻近市镇的消防队已紧急召唤加入救援，大火延烧两个多钟头后才联系上的旧金山市灭火弟兄，也火速搭乘渡轮赶抵现场。

眼看大火一路朝西往热闹的夏塔克街延烧而去。漫天炽热的火焰红光，狂肆冲天的焦黑烟雾，喊叫声，灌救声……一切的混乱，就在向晚带着一丝丝凉意的习习晚风吹送下，烟灭雾散，一切再度归于平静。

也许是棕色木片屋格外“惹”火，这场世纪大火烧得又猛又烈，房屋全毁和半毁超过600栋，4000人无家可归，其中包括1000名学子。与自然共生的棕色木片屋，在无情大火的催迫下，也无可回避的与自然共死，留下伯克利丘山边一片死寂的废墟。

看着嚣张火焰在棕色木片屋瓦间开疆辟土，由这一处屋顶窜烧向另一处屋瓦，一手催生出这群与自然共生之屋的梅贝克心在淌血，从此誓言再也不用招惹火苗的木料为建材。浴火重建后的山边小区，果然多以灰泥建筑现身，周遭虽然仍有劫后余生的棕色木片屋屹立不坠，但已远不及伯克利南区的数量及规模。

棕色木片屋曾经是小城建筑的主流。

说到伯克利南区的棕色木片屋住宅群，主要分布在威乐公园（Willard Park）一带。如果从观赏者的角度而言，其中又以紧邻威乐公园两侧的本文纽路（Benvenue Ave）和希莱加斯路（Hillegass Ave）上的棕色木片屋最具可看性。

这两条又直又长的住宅街道上的棕色木片屋，造型雍容气派。多样的山形屋脊、海景窗及前廊，在栉次鳞比的棕色木片屋之间，变幻着让人目不暇接的美感。如山峦起伏的屋宇，问红木借来的木纹墙身，还有木格方框窗槅，安静闲雅的入口穿廊，远观近望都是浑然天成的艺术佳作。

为了一览旧金山湾动人的美景，棕色木片屋向海的窗子，被高高地推上屋宇的顶端，海景窗成了当地别具特色的建筑元素。当年在地产商的推波助澜下，更是一时间蔚为风潮。

这些海景窗有的挖成圆孔，有的开成方形，或再压挤变成扁狭的长方。比邻而立的矩形窗扉，左边的头戴人形窗檐，右侧的却长出拱形头盖，极尽快速换装之能事。

镶嵌于屋身的窗眼，豪放与隐晦不一，顾自展露着独立风情。有的像是瞠目直视的火眼金睛，有的又像是躲在屋檐斜盖底下的惺忪睡眼。有些大剌剌地对你传送秋波，有的又只轻轻掀起门帘一角，对你羞赧一瞥。棕色木片屋仿如苍劲老干变身长出的房子，让这些形形色色的海景窗点缀得热闹非凡。

漫步走过这条百年建筑矗立的街道，四下宁静而恬适。海景窗像是躲在木质鳞片屋干身后千百只猫头鹰的眼睛，眨巴眨巴地目视着街上的动静，结果竟不知是你观赏了它，还是它张望着你。也许它从来只是定睛望向远方——海洋婆娑、落日招摇的美景，一如它被呼唤的名字——海景·窗，也是棕色木片屋的灵魂之窗。

有机会到威乐公园小区巡礼，别忘了寻找猫头鹰身上咕噜咕噜转动的眼睛。

5

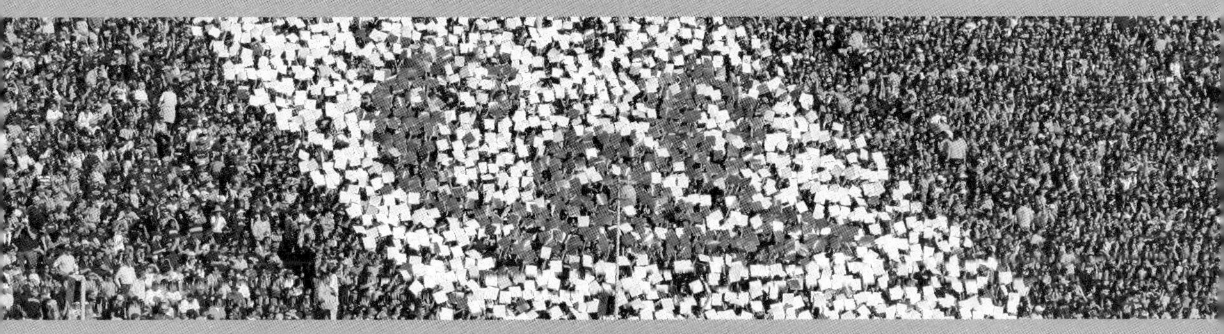

百年校园篇

如画般的大学校园

伯克利大学每年约在 3 月底公布大学新生的录取名单，接下来一直到 5 月新生选定就读的学校以前，校园里不时可见 10 人左右的队伍，在各个建筑和系馆间驻足穿梭。这段时间的校园导览活动，可说达到了全年的最高峰。

这一天，阳光灿烂，天气清朗，一个导览队伍在校园东南侧一棵橡树绿荫下停了下来。只听见领头的学生向导高声的说：“这一区以艺术科系为主，音乐、美术、设计学院都分布在这里。”然后她朝渥斯特馆（Wurster Hall）的方向用手一指：“你们猜，前面这栋大楼是什么系馆？”她顿了一下，紧接着说：“里面是建筑系，这是校园里公认最丑的一栋建筑。”导览员欲罢不能，又补充说：“建筑师竟为自己设计出最丑的建筑物，不可思议吧。”在导览领队拔高声量的余音里，一行人已匆匆赶往下一个地点。

侧耳听见担任解说的学生不忘一提伯克利校园里多年来公开的秘密，不禁令人莞尔。

伯克利大学自 1868 年建校以来，历经 140 多年的发展，校园风貌也十足反映和记录了历年来建筑与景观设计风潮的更迭。简单归纳，大致可区分为以下几个重要的里程碑。

由环景丘鸟瞰校园。

杜尔图书馆不论在地理位置或学术象征意义上，都是校园核心中的核心。

如画般的校园阶段（1866—1900）

1866 年奥姆斯特德（Frederick Law Olmsted）最早为伯克利校园提出规划蓝图。这位当时也是纽约中央公园设计总舵手的景观建筑大师，延续了他一贯的理念与风格，为伯克利校园擘画出“如画一般美丽的公园”的发展架构。他同时依据金门岬口（Golden Gate）的视野方向，勾勒出校园发展的东西轴线，现今我们所熟悉的笔直朝向金门大桥的钟塔大道，便是多年来完好保留的视野廊道。

由于纽约的业务繁忙，奥姆斯特德为伯克利校园完成整体计划后不久便返回了东岸，接手负责校园规划工作的是具有土木工程背景的霍尔（William H. Hall）。综合奥姆斯特德早先的理念，加上霍尔本人对土地规划

的看法所完成的计划书，成了往后主导校园发展的新指标。

校园建筑就从奥姆斯特德擘画的钟塔大道两侧开始兴建，最早多以维多利亚的建筑风格展现。现今矗立在钟塔西南侧的南方馆（South Hall），楼高四层，于1873年完工，是第一批校园建筑中，目前硕果仅存的历史见证。

巴洛克艺术阶段（1900—第二次世界大战）

在伯克利校园发展史中，一向扮演着积极角色的赫斯特夫人（Phoebe A. Hearst），于1899年出资赞助伯克利首度举办的校园设计国际竞图。比赛结果由法国的伯纳德（Emile Benard）夺魁。伯纳德渡海来美只停留了一年的时间，由于和校方理念不合，此后未再参与后续的实质计划，不过他带来的法国巴洛克艺术形式的新古典风格，促成了往后伯克利校园建筑设计的新方向。

校园建造的步伐不容稍歇，伯纳德离开后，校方转而委托获得竞图第四名的霍华德担负重任。霍华德在法国巴黎受过巴洛克艺术建筑训练，当时他在赫斯特夫人委托下着手设计的赫斯特矿冶纪念馆，可说是伯克利校园巴洛克艺术建筑之滥觞，此后霍华德更主导了伯克利校园长达20年的发展。

这一阶段的建筑也多沿着钟塔大道左右两侧布局兴造，像是加州馆（California Hall，1905）、杜兰馆（Duran Hall，1911）、沙瑟塔（Sather Tower，1914）、杜尔图书馆（Doe Library，1917）、惠勒馆（Wheeler Hall，1917）等校园核心建筑，都在此时完成。

另外，和钟塔大道相平行的北侧空间，也规划了一条东西走向的中央轴线开放空间，赫斯特矿冶纪念馆就位于其东北角，这条绿带由东向西一路直抵西侧圆环（West Circle），是早年擘画者为校园埋下的珍贵宝藏。只可惜在1970年穆费特图书馆（Muffitt Library）建成后，这条直指金门大桥的视野轴线即遭瓦解。

赫斯特矿冶纪念馆的典雅大厅

除了核心建筑群外，重要的校园建筑如赫斯特希腊剧场（Hearst Greek Theater，1903）、沙瑟门（Sather Gate，1911）以及加州纪念足球场（California Memorial Stadium，1923）等，也在这一时期完成，而且几乎全都出自霍华德之手。由霍华德主导的校园设计作品高达 19 件以上，校园中心地标——沙瑟塔前地板上，还特别镌刻了纪念文字，向这位校园巴洛克艺术建筑的灵魂人物致敬。

现代主义阶段（第二次世界大战—20 世纪 70 年代中期）

1941 年落成的史报馆，是校园里最后兴建的一栋巴洛克艺术建筑。位在校园东北角落的斯特恩馆（Stern Hall）在同年完工，是现代主义风格建筑

魏曼馆是最早的农学院建筑。

北门馆是建筑系最早的居所。

的首例，这也宣告了校园建筑的巴洛克艺术风潮已成明日黄花。

随着二次世界大战结束，50 年代入学人潮激增，学校规模亦快速扩张，现代主义形式的高楼层建筑陆续登场，像是九层楼高的巴罗斯馆（Barrows Hall）和十二层楼高的伊万斯馆（Evans Hall），不仅打破了昔日楼高不得超过四层的规范，校园里长期坚守保持金门大桥视野廊道的原则，也宣告失守。

而学生导览口中“校园里最丑的建筑”——渥斯特馆，也在此一阶段完成。这栋包含了建筑系、景观建筑系和都市规划系的环境设计学院，采取了 20 世纪 60 年代野兽派风格的建筑形式，亦有人形容为——讲究功能主义的水泥雕塑造型，无论如何描述，在百年历史的校园内独树一格的建筑作风，也许从一开头便注定了要落落寡欢。

当代校园

为因应新兴科系的空间需求，同时也为符合建物抗震升级的规范，校园建筑汰旧换新、加强结构，或扩充量体的工程，近年来几乎持续不断地在进行。

2007 年 9 月落成的斯坦利馆（Stanely Hall），建筑设计师虽然试图以白色花岗石加上黄铜色外观，来与一旁古典的赫斯特矿冶纪念馆相呼应，但这栋地上八层、地下三层，号称校园内首栋由跨院系共同参与建造决策的生物工程大楼，不论由哪个角度观看，都像一座固若金汤的现代城堡。

2007 年 10 月，斯塔尔东亚图书馆（C.V. Starr East Asian Library）正式完工，也许是为呼应其东亚之名，外观造型颇有东方帝王式建筑的影子。2009 年 2 月新建完成的苏达加 · 戴馆（Sutardja Dai Hall），挤身戴维斯馆（Davis Hall）北侧，这栋地上五层、地下二层的庞然大物，让校园东北角落向来以高楼建筑群著称的工学院，更笃定的领先群伦。

另外，当初引发长达 648 天坐树抗争行动的纪念足球场体育中心扩建计划，在 2008 年 9 月顺利复工后，预计在 3 年内完成。校园西北边正在施工中的李嘉诚中心（Li Ka Shing Center），未来是生物医学和健康科学的新据点，预定 2010 年落成。校园东南角落法学院博阿尔特馆（Boalt Hall）的扩建工程，亦如火如荼的展开中，可望于 2011 年以全新姿态登场。这些标榜以现代最新技术打造的新建筑，势将为伯克利大学校园带来全新的面貌。

只是为了孕育当代建筑的新生，校园绿地却遭遇了蚕食鲸吞的厄运。大学大道底端西侧圆环右侧坡地上，原有的一片青葱蒙特利松林，已早先一步为建造中的生物医学中心慷慨捐躯。就当坐树人为纪念足球场的橡树林闹得不可开交之际，法学院博阿尔特馆的扩建工程却以迅雷不及掩耳的速度，悄悄锯下了紧邻人行道旁的十几株参天大树。

为了应付持续增加的入学人数，以及新兴科系的硬件空间需求，百年大学校园水泥化、都市化的脚步，近年来亦趋显著，只是可用的建筑空间已呈捉襟见肘的地步，新建的几栋建筑紧贴着校产边境大做文章，可见一斑。

多年来，伯克利大学校园的建筑发展，无不依循着擘画者的长远布局，步步为营。如果把建筑物比作棋子，那么这座百年校园是一张足以传世的棋谱。只可惜近年来下棋的人仿佛全乱了套，见缝插针，校园可能一不小心即成为失手打乱的一盘棋局。而这一失手，可能也将如画一般美丽的校园打入记忆的深渊，从此成为班克罗夫特图书馆（Bancroft Library）里珍藏的历史照片。

附注：班克罗夫特图书馆向来以收藏珍贵的历史照片而著名。

校园地标的故事

奠基石

有关伯克利大学校名的由来，一直以来有许多不同的说法。不过根据校方正式的文献记载是这样的：

1860 年 4 月 16 日，12 位加州学院（伯克利大学前身）的创办人，来到一处岩石露头的坡地高处前，正式宣告将他们眼前刚刚买下的这片旷野，捐作大学校园的未来用地。

1866 年，这群创办人又再度来到同样的地点。朝着旧金山湾的方向，他们遥望着两艘缓缓穿越金门岬口航行出海的船只，此情此景让一行人里的比林斯（Frederick Billings）脑中灵光乍现，脱口吟诵出伯克利主教的诗作："富国强兵之道在西方——"

于是在比林斯的建议下，这座即将诞生的大学和城市，便以伯克利主教——这位 18 世纪的英国哲学家和诗人的姓氏为名。当初创校者驻足眺望的岩石露头，日后则被命名为"奠基石"（Founders' Rock），成了开启百年树人大业的根本。

奠基石注记了“加州学院”的诞生。

奠基石的地点，就在现今校园东北角的赫斯特路和盖利路（Gayley Rd）交会处。如今四周高楼并起，由奠基石上早已望不见旧金山湾的天光水色。

草莓溪

草莓溪，以生命之泉召唤着一群紧密相依的绿木丛灌，由伯克利丘草莓谷（Strawberry Canyon）出发，穿越山麓与平原，一路奔向旧金山湾，在渺无人烟的橡树草原荒野上迤逦成青葱绿龙。

正是这股丰沛的水源，吸引了当年四下寻觅校址的创校者的目光。1860 年，加州学院——伯克利大学前身，在草莓溪畔开始了它百年树人的教育大业。

流经校园的草莓溪依然可见天光。

当年的创校者也许不曾料到，这条涌动生命之泉的溪流，日后亦成了伯克利校园里最丰富多变的地景面貌。它记录了繁华与沧桑，虽然一度落破，但犹同汩汩不绝的溪水，总带给人不灭的希望。

草莓溪的命运，就如同世界上其他历经都市化过程的河川的缩影。在伯克利开发拓展的土地利用需求下，20世纪初始，草莓溪被塞进涵管、埋入地下。随着周边房舍建筑的遽增，废污水大量排入草莓溪，过去由土壤层吸纳消化的八方径流，如今也在硬铺面的帮衬下，一股脑儿往河中快速倾泄。不胜负荷的草莓溪，一到雨季，便水患频仍，狼狈不堪。在淹水及卫生的考虑下，更加速了草莓溪下水道化的命运。在环境意识薄弱的年代，草莓溪逐渐风华褪色。原来流经校园的三岔水脉，中间一条支流在1882年遭到填实。绵长八公里的草莓溪，除了上游的植物园、伯克利校园，以及位在小城南边的草莓溪公园外，其他河段均隐身地表之下。

草莓溪水质环境持续恶化，原本生意盎然的水中生物亦告消失无踪。20世纪80年代，因为水质高度污染的原故，相关当局甚至告诫民众不要碰触溪水。到了1987年，草莓溪的命运终于有了转圜，伯克利校方决定拨款投入草莓溪的复育工作。

经历多年的努力，校园里草莓溪又逐渐恢复昔日生机，溪水再度清澈见底，1988 年重新引入的原生鱼种，也已悠游成群。此外，每年约有三千位生物、工程及艺术学系的学生，以草莓溪作为户外实验场，即使没有直接参与的莘莘学子，在校园里匆匆赶路更换课室的路程中，亦有河畔浓密的树冠可遮荫，有潺潺流水可以聆听，在短短的行脚中，让心灵得到最大的纾解与调适。

下回走访伯克利校园，别忘了往浓荫深处走去，草莓溪正以生命之泉浇灌着校园里最苍葱蓊郁的巨木，也用溪水映照它自己的生命历程。

草莓溪轶事

在跨越草莓溪的 16 座校园桥梁当中，尤以教职员俱乐部（Faculty Club）附近的一色水磨阶梯小桥最具特色。这座具有巴洛克艺术风采的水上穿廊，其实还有一段有趣的奇闻轶事。

由草莓溪地势较高的北岸过河，桥梁起始处的罗马式拱门，首先映入眼帘。拱门上方镌刻着拉丁文的题词，大意是："这座桥梁为联系世代间的记忆而建，1910 年毕业班敬赠母校。"

故事的玄机就隐藏在拉丁文的字里行间。题词里第一行文字的第二个字母，依稀留存着轻轻涂抹过的痕迹。

原来负责决定译文内容的拉丁文教授莫瑞尔（William Merrill）最初是以"HANC PONTEM"来表达"这座桥梁"，结果有学生直指教授错用了"HANC"，应该作"HUNC"方为正确。固执的教授难有宰相之肚，A 与 U 之争，一直等莫瑞尔教授退休后才得以正名。

只要走近仔细观察，以 U 覆盖 A 的涂改痕迹，依然隐约可见。

毕竟瑕不掩瑜，这处罗马式拱门终究传达了当年的留欧设计师想刻意营造的威尼斯水乡意象。

沙瑟门

沙瑟门即一般通称的校园南门，于 1911 年建造完工，是沙瑟夫人为追念其先夫——银行家沙瑟（Peder Sather）先生所捐款兴建，是伯克利校园的重要地标。

沙瑟门北面紧邻着跨越草莓溪的哈金斯桥（Huggin’s Bridge），沙瑟门以南——即现今的史报馆及史报广场一带，在 20 世纪 30 年代原都不属于校园地产。南北走向的电报街一路直抵沙瑟门，沙瑟门前的圆形广场，早年便是行走于电报街上的电车掉头回转之处。

由于早期校方严禁任何政治活动进入校园，沙瑟门前广场成了政治表演及异议人士活动集结的地点，沙瑟门也成了言论自由门里门外天壤之别的疆界。学生不满校方禁锢言论自由的做法，1964 年爆发的大规模学生运动——言论自由运动，正是以此为核心议题。

由霍华德担纲设计的沙瑟门，散发着巴洛克艺术的华丽风采。由左至右连续四根水泥－花岗石贴面立柱，分隔出三处入口，柱与柱之间再以细致雕花铸铜撑起华丽典雅的门面。中央微拱的弧形大门上写着“SATHER GATE”几个大字，顶端矗立的椭圆形桂冠花环，环绕着中央一颗大学五芒星，五芒星周边光芒四射，象征着知识的发掘与传播。

大门立柱的四根柱顶，各支托着一个圆形玻璃罩灯，柱头前后则各镶嵌了一面大理石裸体人形浮雕。四根立柱共八面浮雕的内容，分别表述了不同的学术领域。其中朝北的四面男性浮雕，分别代表法律、文学、医学及矿冶等学科，南向的四面女性浮雕，则是农业、建筑、艺术及电力的化身，这些全都出自雕刻艺术家卡明斯（Melvin E. Cummings）的巧手。

这几面大理石浮雕的安装，还有过一段曲折的插曲。卡明斯设计的裸体人形浮雕，早在 1909 年 12 月便已经安置在立柱上，后来浮雕上以裸体人像为造型的消息，传到当时正在病中的沙瑟夫人耳里，引起沙瑟

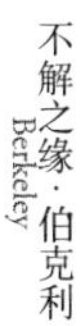

沙瑟门中央的五芒星，象征知识的发掘与传播。

夫人的极度不安，并坚持将裸体人像全数拆下。于是才安装不到数月的大理石浮雕，便在1910年3月全面撤除，卡明斯的设计大作亦从此消声匿迹。

造化弄人，这一批失落的艺术珍藏，在1977年的一次校园什物整理搬动过程中现身。经过一番奔走和努力，这批大理石浮雕于1979年12月，再度镶嵌于沙瑟门的立柱之上，只是距离上一回的首度安装，已整整过了70个年头。

卡明斯的大理石裸体人形浮雕终于再次重见天日，只是这一回将70年前那一次朝向校门外的男性裸体浮雕，改装在面向校园的朝北位置，这样或许可以让卫道人士少难为情一些。

从2008年10月开始，沙瑟门进行了将近百年来的第一次变脸工程，前后大约长达半年的时间，一直到2009年4月才算大功告成。

这次的养护工程，主要是以强化防震功能为主轴，四根水泥立柱在地面以下的基座都加了钢骨。水泥立柱间的雕花铸铜，除了打亮磨光上色外，铸铜间衔接的配件全数换新。另外，“SATHER GATE”几个大字中的“H”，重新打造了新的字母，其他部分则未有太多更动。

经过一番保养，沙瑟门并没有太大的变化，百年风采依旧原原本本的保留了下来。倒是紧邻的哈金斯桥西北桥墩上，原有的一幅吉米·亨德里格斯（Jimi Hendrix）的图像，在维护过程中被工人“顺带”清洗掉了，引来了一阵轩然大波。

亨德里格斯是何方神圣？总让参观校园的导览队伍在沙瑟门前伫足停留，对着桥墩上一尊模糊的影像指指点点。

原来这位只活了短短27年岁月的人物——是60年代的摇滚乐天王，是史上最伟大的摇滚乐界吉他手，是横跨世代最具影响力的音乐家之一，也是第一个胆敢大不敬地将美国爱国进行曲——《永远的星条旗》（*The Stars and Stripes Forever*），翻唱成自己版本的叛逆代表。这和六七十年代伯克利大学学生反权威、反主流，争取“小鬼当家”的校园氛围再谋合不过了，这也确立了亨德里格斯的桥墩图像，在校园里的象征性地位。

这一帧1970年亨德里格斯到伯克利演唱的宣传海报，遭雨水浸湿后将油墨渗入水泥墙面留下的人物头像，多年来不仅和伯克利大学校园光荣的“反动”历史相辉映，同时也注记着一段校园的辉煌岁月。

被人目睹“犯下罪行”的工人，矢口否认自己的莽撞。“视而不见”往往不也是“不识货”的同义词？工人无辜，只是可惜了这幅永远消逝的历史画面。

谁也没料到，沙瑟门的变脸手术，却付出了亨德里格斯的头像代价。

大写C

由校园钟塔大道朝前方恰特丘（Charter Hill）的方向看去，在圆顶的劳伦斯国家实验室旁，有个醒目的黄色英文字母C，伫立在山坡之上。这个大写C（Big C）便是象征伯克利加州大学精神的历史性地标。

说到大写C地标的由来，可以追溯到19世纪70年代一年级生和二年级生之间有名的恰特丘赶集（Charter Hill Rush）的历史典故。当时有个不成文的校园惯例，就是大一新生总要赶在3月23日——学校生日的前一天，上到恰特丘把自己的班级年份标示在斜坡上，只是过程中总会遭到二年级生的从中阻挠。为了使对方屈服，彼此间便难免发生肢体角力，于是你来我往，恰特丘赶集成了这两个年级学生之间的一种竞赛。这样的捉对厮杀，有时候是出自蓄意安排，有时候则是狭路相逢，两军相遇自然就打了起来。

这个不成文的传统，从19世纪70年代起，一直延续到1904年。1905年在当时的惠勒（Benjamin I. Wheeler）校长施出铁腕后，才宣告结束。经过一番沉淀和思量，大一和大二学生决定结束彼此间的对立，共同携手在恰特丘上用水泥砌出一个伯克利大学（Cal）的代表字母C，以标举伯克利人团结一心的新气象，同时也宣告恰特丘赶集就此走入历史。

虽然说好要团结和气，大一和大二学生之间的私下较劲可从来未曾稍

“大写 C”是伯克利加大精神的象征。

歇。大写 C 的水泥才干，大一学生便抢先一步用学校的代表色——黄色，给 C 上了一层油漆。之后，大一新生也会出其不意地将大写 C 涂成绿色，于是负责维护工作的大二学生就得花费一番力气，用更多的黄色油漆把正统颜色找回来。

这个落在大二学生身上，而且代代传承的大写 C 维护工作，说来并不简单。除了要提防自家人捣蛋外，还得时时防范来自旧金山湾对岸的斯坦福大学的突袭。只是不论怎么戒备，大写 C 还是有好几次在一夜之间由黄色变成“斯坦福红”的记录。

说到斯坦福大学曾经发动的大小奇袭，便不能不提 1961 年发生的一段意外插曲。大约从 19 世纪末开始，伯克利和斯坦福大学之间便因为球场上的竞技，成为势不两立的宿敌。1961 年，一群工程科系的斯坦福人带着铁撬上到了恰特丘，不仅大肆破坏大写 C，还刻意排列出斯坦福大学起头字母的 S 字型。

尽管过去斯坦福人突袭无数，不过莫此为甚。事件发生之后，为了慎重起见，维护恰特丘大写 C 的责任，从此改由召集委员会的学生组织来负责。如今，每年在伯克利和斯坦福大学足球对垒的大球赛前夕，也总会在恰特丘大写 C 旁，燃起一堆熊熊烈火。

时光荏苒，1905 年学校生日当天正式完工的大写 C，已经矗立恰特丘山头超过一百多个寒暑。就像树木用年轮昭示自己的苍老，大写 C 也用鲜亮外衣底下的一层层涂料记录自己的年岁。

即使到了现在，恰特丘上的黄色大写 C，还是会不时出现绿色的身影，不难知道又有哪个促狭鬼在暗地里捣蛋了。

Go, Bears!

不管你喜不喜欢，或是看不看得懂美式足球，这辈子都应该到现场去观看一次赛事。去体验一下足球迷在现场欢声雷动的盛况，还有许多你从电视转播里看不见的漏网镜头。

伯克利足球校队——熊队，曾经积弱不振了好一段时光，至少我所知道的 80 年代，说起校际足球赛事，总是让人垂头丧气的时候多。曾几何时，熊队已经脱胎换骨，2007 年还一度有望挤入全国排名第一。最后虽然功败垂成，但足已让熊队迷脸上有光，说起自家球队不自觉就声音大了起来。

如果不到现场开一次眼界，还真不知道曾经错失过多少精彩镜头，以及一场球赛进行前后，周围共伴发生了多少花边新闻。尤其要是遇上和球场宿敌——斯坦福大学对垒的大球赛，那硝烟味早在赛前一晚的“烽火之夜”（Bonefire）就已经被蓄意引爆。

其实在赫斯特希腊剧场举办的烽火之夜正式登场前，白天的校园里早已弥漫一股不寻常的气氛。村居生命科学馆（Valley Life Science Bldg.）前的足球胜利纪念碑，两个人物雕像在这一天被分别套上了蓝、黄两色 T 恤衫。学生中心前方草莓溪畔的小熊雕像，不仅穿上了黄衣，雕像平台前还散置了六七张小纸片，纸片上写满了痛宰斯坦福大学球队的战斗歌歌词。

胜利纪念碑的人物雕像，套上了黄、蓝两色 T 恤衫。

再往前走，校园里最古老的建筑南方馆前，系上了今晚烽火之夜的宣传海报，右前方不及一箭之遥的史蒂芬斯馆（Stephens Hall）二楼窗台上，又一幅“击溃斯坦福”的长条布幔，一再为挑动大球赛同仇敌忾的情绪推波助澜，火上添柴。

11 月的冬夜，空气冰寒，烽火之夜的希腊剧场里，却是热血奔腾、气氛鼎沸。人潮一波波涌入，先是占据了七千个座位的半圆形观众座席。紧接着，剧场后方斜坡草地也被人群占领。

剧场舞台上，希腊立柱墙面交错打着蓝、黄两色相间的灯光，一片璀璨辉煌。台下圆形场地上的烽火台，燃火的方型柴盒已经垒叠成塔，塔前悬着一方红色条幅，上头是倒写的“STANFORD”（斯坦福）字样。

不到现场开一次眼界，便不知道伯克利和斯坦福这对足球场上的百年冤家，“冤”结得这样历史悠长，“仇”纠葛成这样势不两立。

烽火之夜就像一场赛前秀，有嘉宾助阵，有足球选手亮相，有拉拉队演出。节目里安排的一段脱口秀，更将两校球队开天辟地以来的恩怨情仇，以极尽嘲讽揶揄对手的方式，如数家珍娓娓道来，逗弄得台下观众哄然大笑，也成功营造出先声夺人的机锋。

这一刻，希腊剧场里除了挤得满坑满谷的在校生外，舞台前方视野最佳的半圆形观众席上，用白色绒毛封锁线拉出的特区，是专为提供赞助的校友预留的VIP座席区。于是烽火之夜的现场，除了血气方刚的青年学生，更多了与斯坦福足球队有十几年、甚至几十年交手经验的熊队老粉丝，以及伴随老粉丝而来的大大小小一家老少。

这一群从稚龄到熟龄、老干与新枝并陈的熊队迷，在晚会主持人的鼓舞带动下，无不奋力高亢演出。台上大吼一声“Go!”，台下观众便齐声回应一句“Bears!”你一句“Go!”我一声”Bears!”如此反复对应唱和，呼声雷动，如痴如狂。那如狂潮怒卷的“熊吼”，在山坳丘谷间盘桓回荡，更在点燃烽火的那一刻，达到沸腾的最高峰。

离球赛开场还好一段时间，往校园东南角纪念足球场方向的路径上，已经陆续塞爆赶路的人潮。一簇簇蜂拥而来的男女老少，不管年龄大小或是高矮胖瘦，好像都事前接收了指令，全都穿上了同一系列的制服——蓝、黄两色为主的运动衫，上头印着“Cal”、“Berkeley”、“UCB”等各色字样。他们仿佛都被某种共通的密码牵引着，在一条看不见的输送带上自动转进，一眼望去个个都是标准的熊队粉丝复制人。

在一片喧哗杂沓声中，一群身着红衣、今天预料中的“不速之客”，高扬着红色旗帜呼啸狂奔而来。这行人又跑又蹦又跳，间杂着挑衅的高声咆哮，即便深入敌军阵营，亦如入无人之境。斯坦福红衣大军压境，果然摆出了“输人不输阵”的嚣张气势。

Cal
CAL

写着斯坦福字样的条幅，被倒挂在赫斯特希腊剧场中央的烽火台上。

主客两队的赛前拼场都见识过了，至于鹿死谁手？就等球场上见分晓。

身穿短裙一身劲装打扮的拉拉队伍，从球赛开始便全程绕着球场外围，进行“巡回”演出。她们每停留一处据点，无不热情端出扭腰摆臂踢腿的全套舞本，以最动感的舞姿，不断为观众席上球迷的热情火上浇油。

除了花蝴蝶一般全场飞舞的拉拉队外，还有另一组拉拉队伍专门只针对“某一群在校生”进行定点表演。这一群在校生无疑是场内最擅于为场上选手发动助阵攻势的生力军，他们不时带动全场挥舞手势、齐声高喊加油，在战况紧绷之际，更会适时发出“熊吼”。

只要他们狂吼一声“Go!”，全场熊队粉丝便齐声回应一句“Bears!”。于是球场这头振臂疾呼一句“Go!”，对岸就挥拳回应一声“Bears!”。如此两岸唱和，如痴如狂，丝毫不留情面地对敌军发出慑人的威吓，令人深刻体悟主场优势力拔山河的惊人气势。

这一群被安排在VIP座席区对岸的在校生，不仅享有极佳视野，拥有专属拉拉队，在整场球赛里还肩负了众多使命，根本是一群有计划埋伏的拉拉队特务分子。他们除了要为自家球队加油打气外，球赛中场时间，还被交付了“娱乐观众”的排字任务。

自家招牌的“Cal”字样及熊熊图案，当然势不可少。为了表达欢迎及礼遇客队，代表斯坦福大学的“S”字样及大树图案也跟着一一出笼。只可惜这样的友好时光大概不超过30秒钟，下一个出现的斯坦福大学意象图案，立刻被画上一个大“X”。是幽默？是下马威？总归是主队展现主场优势的又一杰作。

这群忙着加油、打气、熊吼、排字的特务拉拉队，在一整场赛事里除了要眼到、耳到、口到、手到之外，当所有球迷都坐着观赏球赛之际，他们更是从头到尾全程站立。你可能会问：“三四个小时的球赛都站着，不累吗？”有在校生说“这是一种精神的体现，站立是必要的坚持”。这样的坚持，果然让这群年轻学子成了熊队最坚强的后盾，也是全场最忙碌的观众之一。

球迷人数明显屈居下风的斯坦福大学后援部队，亦全程发动人“少”志气大的助阵攻势，他们前仆后继的在看台上掀起的一波波红色巨浪，无疑是全场黄蓝基调的人海里最惹人“眼红”的红色炸弹爆破区。还有那株随时都在活蹦乱跳、代表斯坦福大学吉祥物的红色大树，一定是你所见过举世最忙碌的一棵“植物”。

特务拉拉队也负责排字，娱乐球迷。

所有镜头围着抢拍斯坦福的红色斧头。

这一切喧嚣都在熊队领先差距拉大到二十多分、距离终场时间只剩十几分钟时，得到了一种释放。场中央的赛事尚未歇手，球场外围突然冒出一群身着黄蓝条纹运动衫的人马，立刻引来一阵骚动。

这一行人昂首阔步，走路有风，踩着齐整的步伐，朝VIP座席区前的舞台前进。他们眼戴墨镜，一脸酷相，装腔作势的模样，让人乍看以为是黑社会电影里街头寻衅的帮派，又像是科幻电影里预备接收地球的外星人特遣部队的化身，一付来者不善的架式。

还好，这群黄蓝条纹大军，这回被交付的“非常任务”，既不惊悚亦非关暴力，他们只是要从斯坦福大学手里，拿回睽违了一整年的斧头。

这样充满戏剧张力的赛事结尾，只有人在现场，才有机会同时开辟多个窗口，将球场上热闹滚滚的画面一网打尽。

不管你喜不喜欢，或是看不看得懂美式足球，这辈子都应该到现场去观看一次赛事。去应和一下熊队迷在现场欢声雷动的盛况，真正发出一声"Go，Bears!"的熊吼。

斯坦福来的斧头

这个故事要从1899年开始说起。算一算，距今已是一百多年前的往事了。

如果从历史上来看，1899年为己亥年（猪年），当时的东方正值清光绪二十五年，日本明治三十二年。这一年重要的历史事件有：

1月，西班牙对古巴的统治结束。

2月，中国作家老舍诞生。

3月，阿司匹林正式问世。

4月，美国占领菲律宾。

6月，日本作家川端康成诞生。

7月，美国作家海明威诞生。康有为创立保皇会。

10月，第二次英布战争，英国人和布尔人为争夺南非金矿而战。

11月，台湾第一家银行成立。法国强行租借中国广州湾。

这一年，还有俄罗斯租借中国旅顺口，日本租借福州、厦门……

同一年4月，伯克利大学和斯坦福大学的百年纠葛也由此展开。

1899年前后，当时斯坦福大学在运动场上的成绩可说乏善可陈，除了棒球比赛的排名还算差强人意外，其他的运动项目几乎糟得一塌糊涂。1898年，在作为新生事物的美式足球赛事中才向伯克利称臣，紧接着的校际对

垒，又以 22:0 的悬殊比数被伯克利痛宰。斯坦福人的“郁卒”不难想像。

为了扭转颓势，斯坦福大学专门负责鼓舞士气的拉拉队小组决定要创造出某种具象的“东西”，来激发同学们奋战夺魁的斗志。当时“斧头的呐喊”（Axe Yell）是斯坦福大学校园里最火的加油口号，于是斧头意象顺理成章雀屏中选，成了斯坦福大学要在运动场上用来提振士气的法宝。

只是斧头并未变成道具服装，穿戴在拉拉队伍身上，而是由校方向厂商订购了一把重约 4.5 公斤、有着 38 厘米宽幅刀口的斧头。这把货真价实的斧头，漆成了鲜亮的红色。

1899 年 4 月，伯克利大学和斯坦福大学两校之间的棒球系列赛事正式展开。第一场比赛，伯克利以 4 ∶ 1 的比数旗开得胜。在第二场赛事登场的前两天，也就是 1899 年 4 月 13 日，在斯坦福大学校园举办的赛前加油会上，斧头正式公开亮相。当时为了营造气氛，会场上还用这把斧头对身着黄蓝衣衫的稻草人，演出了“杀头”的戏码。

“斯坦福斧头”来势汹汹，只是江湖命运未卜。

两校对垒的棒球赛事地点，就在旧金山市。也许是新斧头带来的好运道，球赛开打后，斯坦福大学便一路领先。只要场上球员一有精彩演出，场边无不随即上演用斧头斩断蓝色、金黄色丝带的助阵戏码，之后拉拉队伍还一边挥舞着斧头，一边高呼“斧头的呐喊”在伯克利座席区前示威游行。

这样的挑衅行为当然让伯克利人大为光火，也埋下了“某一伙人”意图盗取这把让人恼火的斯坦福斧头的念头。

也许冥冥中自该有事，伯克利大学的座席区正好紧邻着球场出入口。心怀盗斧意图的这一帮人便埋伏在侧，伺机而动。

在新斧头的加持下，斯坦福果然一路攻坚，九局初仍以 7 ∶ 5 的比数压制伯克利。只是人算不如天算，就在关键时刻伯克利演出了逆转胜，最后倒赢两分，以 9 ∶ 7 力克斯坦福。

赛事一结束，就在斯坦福斧头来到出口处的那一刹那，守候多时的伯克利人马便一拥而上。在一阵拳脚相向的肉搏战中，奇袭兵团将斧头抢到了手，同时转手交给了短跑健将德拉姆（Billy Drum）。

德拉姆接下斧头后，便以百米冲刺的速度在旧金山市区迂回前进，企图摆脱后方追兵，期间还一度把斧头误交给两个刻意伪装成伯克利学生的斯坦福人。双方人马经过好几百米的追逐，伯克利这方才又将斧头再度夺回。

为了便于运送，斧头被送进了附近一家肉铺进行“变装”。斯坦福斧头被锯断手把后，交到了米勒（Clint Miller）的手中。

身负重任的米勒刻意将斧头藏在外套底下，同时把锯下的斧头把手藏在裤裆间，一心要将战利品顺利带回伯克利。

由于裤裆间的斧头把手不听使唤，几度面临曝光露馅的危机，途中米勒还在黏土街（Clay St）一家中国人开设的五金行稍事停留，重新整装后才又再度上路，往渡船码头的方向直奔而去。

当时旧金山与伯克利之间主要靠渡船往返，因此当警方接获斯坦福方面有关斧头失窃的报案后，旧金山的渡船码头成了警方追回赃物的重要搜索地点，候船室里每一个预备搭船返校的伯克利学生，都成了警方盘查的对象。

仿如电影情节一般，头号嫌疑分子米勒将斧头紧紧揣在怀里，外套纽扣由下到上严严扣紧，一脸镇定的闲步踏进了渡船码头大厅。这时他看见昔日女友正好站在等候登船前往奥克兰的队伍里。

米勒二话不说，一个箭步上前用手挽住了前女友的臂弯，同时故作轻松的和伯克利同窗挥手道别。死党霍珀（Jimmy Hopper）见状，立时明白米勒心里的盘算，随即买了一张前往奥克兰的船票，同时赶在登船的前一秒钟紧急交到了米勒手中。此后，这把斧头分别藏身几处不同的地方，期间还发生过斯坦福学生的奇袭事件。斯坦福的奇袭虽然未竟其功，但也迫使伯

克利这方更加小心翼翼的安排藏匿地点。几经转折，最后斧头被藏进了位在旧金山第三街和市场街（Market St）附近某栋大楼的最顶层，并由米勒负责照管。

1899年4月17日星期一，在棒球队队员和协助"偷渡"斯坦福斧头的一伙有功人士的共同推举下，由普林格尔（Loll Pringle）出任斧头监护人，从此也开启了伯克利校园举办"斧头之夜"的传统。

1899年秋天的足球赛事前夕，当这把失踪多时的斯坦福斧头在伯克利大学的赛前加油会上首度现身后，不甘示弱的斯坦福人，在清晨两点钟对米勒的住处发动了奇袭。

幸好在沃尔默（August Vollmer）警长适时的警告和提醒下，米勒早将原本藏匿在住家地下室的斧头，送往在银行服务的朋友奈勒（Frank Naylor）手里。从此这把斧头也住进了美国信托公司的保险箱，而且一呆便是三十个寒暑。期间只有在足球赛和棒球赛的赛前集会，才会慎重其事地用装甲车将斧头运往伯克利校园的赫斯特希腊剧场亮相。

在斧头藏匿银行保险箱的这段期间，还曾发生过一次法院传票搜索事件。当时不知如何应变的银行经理请教该行的法律顾问韦斯特（Waste）法官后，得到这样的回答："如果传票不是从阿拉米达郡（Alameda County）发出，而是由旧金山郡发出的，那就别理会它。"银行经理又追问："如果传票是从阿拉米达郡发出的话，那该怎么办？"这位法官回答道："很简单，把斧头交给我放进我的私人保险箱，他们总不至于来搜索我的私人物品吧。"

从此，棒球队每年都会选出一人担任斧头监护人，同时在每年秋天定期举办的斧头之夜上，进行新旧人事交接。斧头监护人最主要的任务，便是让斧头在每年两次的斧头之夜上安全亮相，当然也包括集会前后校园与银行间的往返运送工作。

不管伯克利方面如何小心防范，意外终究还是发生了。

1930 年 4 月 3 日，就在伯克利大学校园的希腊剧场顺利举办完棒球赛前集会，要将斧头送回银行收藏的过程中，斯坦福大学的“二十一人小组”发动了突击攻势。

四名假扮成记者和摄影师的斯坦福人，在同伴伺机施放烟幕弹（也有一说是催泪弹）的掩护下，趁机夺取了斧头。

在精心的策划与安排下，夺下斧头的斯坦福人马立即兵分三路、分乘三辆汽车往不同的方向逃逸。虽然有部分“抢匪”遭到中途拦截，但斧头终究还是安然送抵了斯坦福大学。

对于斯坦福大学的“强盗”行为，事后伯克利方面还在校园刊物里，大肆抨击嘲谑了一番。

由斧头所引发的两校争端，在经过多年的彼此冲突、袭击和恶意攻讦后，终于在双方学生会会长的努力言和下，共同签署了一份同意书。

根据同意书的内容，此后凡是大球赛的赢家，便能把斧头带回家。要是双方打成平手，斧头便由去年的赢家继续保存。

从此，斧头成了大球赛的冠军奖杯。

稍早的年代，在大球赛结果揭晓后的斧头加冕仪式，都是由当时的加州州长担任颁奖人。

曾几何时，这样隆重盛大的场面，早已成了历史记忆。

吝啬鬼的豪华包厢

吝啬鬼丘（Tightwad Hill）位在伯克利大学纪念足球场后方的恰特丘上，地势居高临下，是观赏足球赛事的绝佳据点。由于观众不花一毛钱就有好戏可看，“吝啬鬼”之名不胫而走。

从1923年校园足球场落成开始，来年便有闻风而来在吝啬鬼丘上免费观赏竞赛的群众，吝啬鬼丘的历史几乎和纪念足球场一样悠久。

每年球季一到，星期六的赛事总可吸引近300人上吝啬鬼丘观战。要是遇到伯克利和斯坦福大学对垒的大球赛，上山人数更可能激增到500人左右。除了大学在校生和附近的中学生之外，伯克利大学校友、教职员工以及湾区居民——只要是伯克利大学熊队粉丝，无不纷纷上山共襄盛举。

其实上吝啬鬼丘观赏球赛的人，未必只是为了节省一张门票的钱，更多时候是为了感染那种同声一气的观赛气氛。尤其这里不必对号入座，也没有禁烟禁酒的限制和规范，要用力嘶吼加油，或是冷眼观战，全随个人喜好，唯一的禁忌是千万别穿着红色衣裳出现。只要有人夹带任何代表斯坦福的红色现身熊队迷大本营，都是犯众怒的大忌。

如果想要加入吝啬鬼的观赛行列，可得算好时间提前出发上山。因为面对足球赛事一向如临大敌的校园警察，早在开赛之前就已先封锁了上山的

不少熊队迷爬上球场后方的“吝啬鬼丘”观赏球赛。

道路。大路上不去，晚来的学生自然就近往旁侧山坡开辟上山的小径。只是陡斜的橡树林下几乎草木不发，碰上旱季枯水的天候，松软的泥土边坡多处崩塌，校方早用黄色封锁线围出一大圈禁区。

只是几条黄线哪里封锁得住年轻人雀跃欲试的心，学生循着前人踩出的脚印上山，步步为营。斜坡上几乎已被抓秃的草木，还是躲不过一只只挣扎求援的手。有人随手往两旁的枯木残枝用力一揪，脚往前一蹬，踹下一大片黄土块，好不容易向上挺进寸步，只是人还没站稳，枯黄的橡木落叶像在地上洒了一层滑石粉，让人脚底打滑，一路向下滑溜。刚刚奋力搏来的寸步，不仅全数奉还，更往下直退了好几步。这里危机四藏，连橡树落叶都成了埋伏的杀手。有人留下来继续奋战，有人转往他处另觅出路。

有些听闻这里有小径可以上山的年轻女孩，穿着短裙也兴冲冲地赶来，只是在山脚前才起步的小路上来回试探了一下，就觉得大事不妙。尽管附近的男生见状，纷纷伸出友谊的手，一副预备英雄救美、在所不惜的架式，但一群年轻女孩就是执拗地不肯就范。抬头看看卡在半山坡上几乎动弹不得的人，还有眼前一再滚落的黄土，再看看自己脚上的凉鞋，甩一甩头，这群穿着清凉的辣妹，一阵风似的走了。辣妹才走，怎么刚刚的几个年轻男孩也不见了踪影。看来上吝啬鬼丘不但可以不花一毛钱就有球赛可看，更可以不花一毛钱就能有把妹的机会，这样免费的多重福利，果然让吝啬鬼丘响叮当的名号，更加名副其实。

熊队迷用力登山，当然还图个悠游自在看球。除了熊队旗帜和望远镜是随身携带的必备物品外，也有人自备了冰凉啤酒，甚至还有人搬了沙发上山。此后一整个球季，这沙发座椅都会守在这座山头，为主人克尽看守疆土视野的职责。熊队迷对于穿红衣的敌军可能有杀红了眼的激情，但彼此之间倒颇有相互尊重的风范。这沙发不但安然无恙，甚至有人凑上了一张矮几，正好成了观赏球赛的客厅格局。这样的妙趣，熊队迷之间显然颇能心领神会，也成就了一段佳话。

搬动沙发上山的人毕竟是少数，多数的球迷不是在泥土地上铺块地毯坐定，便是找处几十年下来球迷脚下幸存的少数草皮栖身，当然也有人挂在树梢观赛。由于天黑地峭，于是意外插曲不断，不是有人从树上摔落，就是有人一个踉跄顺着斜坡一路滑溜而下，就像滑草比赛一样，只是演出者从来不是自愿参加。至于有人酒喝多了打起来的，也时有所闻。

无论如何，这些小插曲从来不曾酿出大祸，倒是球迷观众得警戒提防座席右侧可能给人带来震撼教育的加农炮。除了球赛一开始加农炮会轰隆作响外，接下来只要熊队一达阵得分，加农炮便随即为自家主人加持助阵，充分发挥忠心护主的本色。最近几年熊队实力看涨，校际排名直往上窜升，吝啬鬼丘上的加农炮也跟着忙碌不少。

2006年传来伯克利校方有意在足球场上方加建两层楼高的观赏看台。消息一出，立即引来吝啬鬼丘众多常客的强烈反弹。新建工程可能遮去吝啬鬼丘最佳观赛视野的疑虑，在伯克利小区蔓延开来。这项已是父子相传且长达80多年的伯克利传统，恐将就此毁于一旦。

2007年1月，小区居民正式提案控告伯克利校方。历经18个月的波折，双方终于在2008年7月达成和解。熊队迷心目中重要的历史人文地标——吝啬鬼丘，看来终将得以延续它在加大足球赛事中所扮演的传统角色。

吝啬鬼丘上不仅球场动静尽收眼底，每当夜幕低垂，还有远处旧金山湾区的点点灯火和夜空繁星相互争辉，这里有最豪华的视觉飨宴。不难想见，未来抢着登上吝啬鬼丘的熊队粉丝仍将不绝于途，继续流传足球盛事的案外篇章。

科学“玩”童在这里

劳伦斯科学馆（Lawrence Hall of Science）大概是伯克利校园里参访人数最多、访客平均年龄最轻的地方。因为这里是科学“玩”童的大本营，是未来的主人翁最流连忘返的宇宙驿站。

从外型上来看，位在伯克利丘的劳伦斯科学馆，仿佛是小朋友用积木堆砌出来的房子——椭圆、长条矩形、不规则多边形，加上圆锥形积木，前后兜拢一处，便算大功告成。

只是小朋友急着宣示自己的成熟与长大，舍弃斑斓的色彩，积木造型只选用单一的土黄。也许怕颜色太过单调，引不起同伴的赞赏，于是在积木门前用鲜亮的蓝色砌出一个喷泉水池，在水池不远处又堆出了一条九米长的长须鲸。

长须鲸一登场便声名大噪，凡是来到科学馆探索的孩童，一定要和馆外这条大鲸鱼亲密拥抱。固守岗位长达30余年的长须鲸，也从不怕生或吝啬，从头到尾无一处不被小朋友踩踏过，而它温柔憨厚的眼神，也从来不曾改变过。

只是如果再仔细推敲，这其中好像还有不少蹊跷，劳伦斯科学馆仿佛是外星人遗忘在伯克利丘的宇宙飞船。

首先，科学馆前那片宽阔的广场，若从空中鸟瞰，分明状似八卦的神秘布局。还有，向中间突隆而起的屋顶，以及多边不规则量体格局，这在地球上独一无二的造型，不已经清楚提供了线索？

也许外星人当初只是星海迷航，误将小城夜里的辉煌灯火，看成了太空银河，于是贪恋闪烁迷离的人间烟火，从此不再返航。不过外星人也可能只是为了侦测地球人在伯克利丘半山腰的劳伦斯国家实验室（Lawrence Berkeley National Laboratory）最新的研究进展，于是居高临下、埋伏其上，从一开始就是来当宇宙密探的。

其实，劳伦斯科学馆从一开始就扮演宇宙密探的事实，一点也不容置疑，40 年来它带领了无数孩童与成人，一同探索宇宙世界的奥秘与真相。早年在美国与苏联进行核武器竞赛期间，伯克利大学受命设立大众科学教

大鲸鱼任由小朋友坐骑踩踏。

育中心，在后来的兴造过程中，又以纪念伯克利大学的第一位诺贝尔奖得主——劳伦斯（Ernest Lawrence）博士为使命，于是这栋在1968年落成完工的科学馆，不仅以“劳伦斯”命名，椭圆量体的入口大厅，也展示着劳伦斯博士的生平事迹，以及由他首创发明的回旋加速器。

多年来，劳伦斯科学馆以提供数学及科学教育课程而远近驰名，从幼儿园到高中、从科学教师到教育行政人员，无所不包、琳琅满目。配合学生寒暑假，还会推出各类主题活动，一整年繁忙的活动安排让人目不暇接。

展示厅里针对一般大众设计的“动手试试看”科学体验及展出，不仅老少咸宜，更是让科学“玩”童爱不释手的超炫大型玩具。就以2008年至2009年的展出主题来说，左右对称的长条矩形展览馆中，一边是积木堆栈大考验，有千百万片小木块任你尽情发挥；另一边则是动手作工程的挑战，有人在建高楼看能否通过机器的摇晃测试，有人在折纸飞机看能不能通过风洞实验，还有在搭拱桥的、在水里测试刚拼装好的轮船的、在设计风车的……动手劳作的小孩、在旁指导的爸妈，个个忙得不亦乐乎。

另外，还有“从太空看地球真相”的大型球体，在圆锥形的馆间展示。不规则多边形量体里，则有会创造跑动视觉的滚轮、用吸磁钓鱼的模拟鱼箱、用隔板控制小球落点来体验数学原理的墙面游戏。椭圆形大厅里还有举重游戏、推墙游戏以及不时对着来宾呲牙咧嘴的实体模型大恐龙。

5点钟科学馆关门的时间已到，还沉浸在游戏里的小“玩”童们，依旧迟迟不肯散场。馆方的广播声频频催促，赖皮的小访客好不容易从后院的水池边回到了馆内，经过小球滚动的墙面，忍不住又要再玩它一回。好不容易才放下小球，路过椭圆形大厅时，又趁乱加入了推墙游戏的人群。原来科学馆也有科学纪律失灵的时刻。科学馆关门后还舍不得离开的小顽童们，总要在广场上和大鲸鱼再磨蹭厮混一会儿，或是在放大了8亿倍的人体DNA模型里盘桓穿梭，不等到天暗下来，或是父母下了最后通牒，总不肯轻言离开。

劳伦斯科学馆除了是孩子心目中超级好玩的游戏城堡外，科学馆广场腹地坐拥180度视野的旧金山湾美景，在许多大人眼中更是观赏金门大桥的落日蒸霞，或是一揽清风明月的瑶池仙台。

有人为了孩子美丽的童年奔走上山，有人为了日月星辰络绎于途，劳伦斯科学馆前盘桓的山路上，总是车马喧鸣。这一天，就在白日将尽，看海、看景、看落日的人依旧悠然登高的平常日子里，上山的人群中，不寻常的出现了看似为出席宴会而盛装打扮的华丽身影。

2008年5月，劳伦斯科学馆迎来故雨新知，一同欢度了40周年纪念。正式的庆祝酒会在科学馆内进行，当晚的夜宴场地就选在八卦广场一隅，撑起了漫天透明帐幕。

衬着夕阳闪动的余晖，这里有最豪华的户外“办桌”排场——橘红缎面

放大8亿倍的 DNA 模型，好看又好玩。

桌巾、银脚靠背座椅，餐桌上晶亮的水晶玻璃杯，还有只等太阳一没入海中，即将大放异彩的五彩激光束。今夜表彰的科学成功人士，将站在聚光灯下，在衣香鬓影间，让美酒、佳肴、奢华的人类物质文明回馈，来为地球人的功成名就验明正身。

不知道是谁想出来的点子，盛会请来了马戏杂耍艺术家在广场上迎宾。一身黑衣打扮的小丑站在滚动的大圆球上，手里玩着丢三球的杂耍。另一个一身鲜蓝的奇异武士踩着高跷，追着来宾满场奔跑、弹跳、滑舞，把上了年纪的先生女士们各个逗得笑逐颜开。昔日的科学“玩”童，今日在劳伦斯科学馆前再度返老还童，只是今晚他们将在豪华的露天办桌广场上，看尽山脚下闪烁迷离的人间烟火，在瑶池仙台上当一回此刻真正的主人翁。

从山巅坠落的琴音

记得刚到伯克利不久，有同学提起每年到了10月10日这一天，校园钟塔都会飘送出中国民谣的乐音，同学建议我到时候不妨留意一下。

果不其然，那天在西方的校园里，我听见了熟悉的“茉莉花”。

此后每天在校园里上课下课进进出出，除了中午时分从沙瑟塔传来的琴音悠远绵长到在人心头回荡外，其余几点钟敲了几下钟声，已经如同呼吸一般，让人不再留意它的存在。

直到有一回，在校园里的教职员俱乐部过夜，9点多人已经朦胧入睡，10点准时响起的校园钟声却把我从梦中唤醒。初始的钟声仿佛从遥远的地方，烟雾袅袅地向你飘来，接着一声清晰过一声，钟声尚未止歇，人已经完全清醒。

现在睡下，呆会儿整点还要被吵醒？也许等敲过11点钟再入眠，比较妥当。如果沙瑟塔坚持要替灰姑娘的南瓜车敲动12下钟响，那该怎么办？

从来不曾在深夜里这样的接近过沙瑟塔，也从不清楚这钟楼乐音来自何方，止于何时。也许该是解开谜底的时候了，看看沙瑟塔上是住了钟楼怪人，还是有根仙女的魔棒，在指挥着有时如微风轻拂，有时狡黠轻快，有时又繁华富丽的动人琴音。

由霍华德设计的校园钟塔——沙瑟塔，于1914年完工后，拉丁学系教授同时也身兼管钟委员会主席的理察德森（Leon J. Richardson），为了设置校园钟琴一事，给远在英国莱斯特郡的泰勒响钟铸造厂写了一封订购函。这家铸造厂从18世纪起，就以制造响钟而著称。

双方经过沟通，最后决定为伯克利大学的校园钟塔，铸造12口可以用大型木头键盘演奏的响钟。其中体积最大的一口响钟，重达1868公斤，上头还铸印了希腊系教授弗拉格（Isaac Flagg）所题的诗句：

> 我们敲打，我们撞击，我们鸣响
> 钟声的袅袅余音
> 在心头低吟
> 在灵魂深处回荡

由于发生第一次世界大战，从英国订购的钟琴，一直到1917年4月，才由参议员号运抵旧金山，并于10月18日正式安置在校园钟塔上。

1917年11月3日下午2点钟，伯克利校园钟塔发出历史性的第一声钟响，当时附近装有响钟或汽笛的工厂，都纷纷鸣音响应，时间长达数分钟之久，共同庆祝这历史性的一刻。

这12口刻镂着“珍·沙瑟捐赠，1914年”的大钟，环成一圈，现今依旧悬挂在沙瑟塔的观景楼上，有着华丽装饰的屋宇间。

最初设置的12口响钟，显然并不足以应付曲调繁复的歌曲，遑论演奏美国国歌。一向热心参与校园事务的1928年毕业班，在构思50周年毕业纪念的馈校礼物时，想到要以响钟馈赠母校。构想一出，立即获得热烈回响，募款金额也远远超过预期。于是1978年，在保留原始大钟的情况下，又再增加了36口响钟，将校园钟琴扩充到音乐演奏会的规模。新增的36口响钟，这回是由1796年成立的法国Paccard响钟铸造厂负责制作。

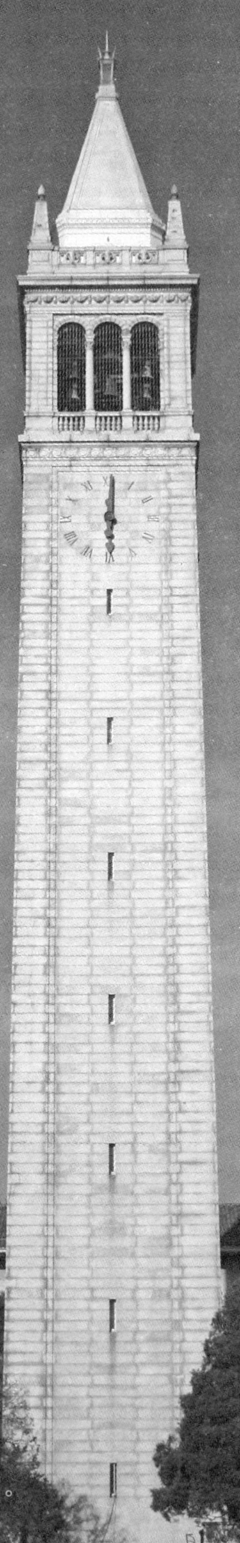

沙瑟塔像一株奇伟的白色百合，在山巅绽放花朵。

1983年，交通运输巨子、同时也是伯克利校友的钱伯斯（Jerry Chambers）夫妇，再捐赠了13口同样由法国Paccard铸造厂制作的大钟，校园钟琴的响钟数目，至此达到61口，其中最小的8.6公斤，最重的约有4763公斤，共含5个八度音的完整音阶。这个响钟规模也一直延续至今。

自1917年沙瑟塔响起钟楼琴音以来，90多年间递换了无数的钟琴手，记录中任职最久的，非默多克（Margaret Murdock）女士莫属。从1923年到1982年，长达59年的岁月，默多克女士都奉献给了伯克利的校园钟琴。

如果有兴趣想要学习钟琴演奏，伯克利大学音乐系就开设有钟琴的学习课程，只要具备一定的音乐基础，非音乐系的学生也可以加入。现任的校园钟琴演奏家戴维斯（Jeff Davis），也是人到中年才开始学习钟琴演奏，而且还改行当起了钟琴手。除了正式的选修课程外，轻松一点的方式，不妨参加伯克利钟琴协会（Berkeley Carillon Guild），虽然这是个学生组织，不过成员里除了大学在校生外，也有毕业校友、伯克利市民以及钟琴专业好手，大家定期聚会，彼此相互切磋琴艺。

平日里听见的校园钟塔琴音，除了出自校园钟琴演奏家之手外，其中亦不乏学生钟琴手的杰作。这些学习中的在校生，也许经验不足，也可能技巧尚未纯熟，演奏过程中难免小“凸槌”。还好他们演出的时间不在校园最忙碌的时刻，也许无伤大雅，不过却为钟塔琴音增添了人味。

其实，有人就因为听到了出错的乐章，才幡然领悟原来沙瑟塔传来的阵阵乐音背后，是真有其人在演奏，并不是想像中的自动播放装置。下回不管是在晨间或在傍晚，听见回荡在伯克利丘的校园钟塔琴音，除了侧耳聆听外，心中或许也会多一份感谢吧。

校园钟塔只为小城居民晨昏定省，夜里数算过10下钟声，便放心的沉沉睡去吧。沙瑟塔今夜不为灰姑娘的南瓜车敲动12下钟响。

由沙瑟夫人捐款兴建的沙瑟塔，是伯克利校园里最受瞩目的美丽地标。

沙瑟塔观景楼上共悬挂了 61 口响钟。

早年校园里曾经流传一则有趣的臆测之说——伯克利美丽地标的崛起，是因为意大利某个地标的殒落。具有丰富联想力的人们，于是很快将目标锁定在意大利威尼斯圣马可广场上，于1902年突然倒塌的钟塔上。说的人言之凿凿，热衷八卦的人士在四处传播之余，更不忘为此臆测之说加油添醋。

12世纪即矗立于威尼斯城的砖造钟塔，在16世纪文艺复兴时期又整修扩建了一番，直到1902年，这座钟塔竟然非常戏剧性的突然崩塌。此后，威尼斯人为了延续历史性的城市地标，在1912年又重新打造了一座外观一模一样的钟塔。目前这座钟塔仍屹立在威尼斯的圣马可广场上。

臆测之说其实亦有所本，譬如说，沙瑟塔的外型和高度，和威尼斯城倒塌的钟塔极为相近。而霍华德本人曾经留学欧洲，他为伯克利校园钟塔绘制的设计草图，完稿于1903年2月，距离威尼斯钟塔倒塌的时间不过6个月，让有志于挖掘建筑轶事的人士，有充足的理由推断——霍华德有关沙瑟塔的设计灵感，确实来自威尼斯钟塔的启发。

霍华德的设计是否受到意大利钟塔影响的公案，虽无正史可考，不过可以确定的是，在当时工程学院院长德莱恩（Charles Derleth，Jr.）教授的结构设计协助下，由霍华德建造的这座高达92米的沙瑟塔，基身稳固，90多年来屹立至今。

不论是从旧金山跨越海湾大桥，向伯克利大学城直奔而去，抑或是行车经过东湾一带时四下张望，总是远远就能看见这座高出海平面76米的校园钟塔，背倚伯克利丘，巍巍而立。即便平日里张望不到沙瑟塔身影的小城居民，也早已听惯了钟塔每天准点的晨昏定省。

下回抬头仰望校园钟塔时，不妨静静感受一下，是建筑师也是诗人的霍华德，对沙瑟塔如诗般的描述："像一株奇伟的白色百合，在山巅绽放花朵。"

校园“租界区”

如果说租界区给人的印象是：有独立自主的运作空间，在一个大环境里自成一格，而且设有门坎，不是一般闲杂人等都能随意参与其中的地方，那么位于草莓溪南岸的教职员俱乐部，便仿如是伯克利校园里的“租界区”。

最初邂逅教职员俱乐部是在20世纪80年代。当时在YWCA担任义工期间，总是热心协助外国学生适应新环境的佐斯太太，先生是伯克利大学的退休教授。有一回她邀请我用餐，地点就选在校园里的教职员俱乐部。就这样，和这栋听起来完全与学生毫不相干的建筑有了接触。

初次走进教职员俱乐部，头一个感觉就是“暗”。大白天里，屋子里点着晕黄的灯光，加上餐厅四壁深色浓重的木头墙面，人仿佛刹那间走进了浓得化不开的暮色里。随头转身四顾张望，餐桌前坐定的也多半是白发皤皤的士林望重。教职员俱乐部给人的第一印象，除了一个“暗”字，又添了一个“老”字。原来这里根本是一群“老家伙”的大本营。

配合四下安静祥和的气氛，这顿饭果然让人吃得慢条斯理、老态龙钟。最要命的是，我点的这道omelet（美式蛋卷）加了令人闻之生畏的奶酪。只好按捺住味觉和知觉，酌以理性和白开水硬将这腥臊之物囫囵吞入腹中。

大宅楼过去是男性独享的空间。

放眼远近四座，“老家伙”面前的盘子都吃到盘底朝天，放不下面子，生吞活咽三两口才向这道让人如坐针毡的盘中飧郑重道别。教职员俱乐部的“暗”与“老”，加上这个令人食之色变的经验，心想以后还是和这群老家伙离得远远的好。

阔别多年，后来重返校园选择下榻住宿的地方，第一个想到的竟是教职员俱乐部。也许后来教职员俱乐部娴雅恬适的地中海风情建筑，已经逐渐取代圆滚肥墩的 omelet 给人的不快记忆。也许早年梅贝克在草莓溪之滨、红木林之间、橡树环抱的绿茵草地之巅设计的这栋“与自然共生”的木屋，在忙碌追赶的校园生活中，为人预留了一处仿佛与世无争的化外之地，于是埋下了日后造访净土的种子。或者更实际点说，想要重拾校园生活体验，再没有比就住在位于校园里的教职员俱乐部，更贴近校园了。

再次走进教职员俱乐部，已是夜幕时分。漆黑的校园里，教职员俱乐部像是刚从海上归来的船只，灯火氤氲辉煌。一样晕黄的灯光，一样深色浓重的木头墙面，但这回木头仿佛散放着沉稳内敛的温度，让人感到温馨踏实。适度揉进朦胧的晕黄灯光，也亮得恰到好处，混淆了脸庞岁月的刻痕，让青春就此留驻。那灯就点到日照三竿、点到地老天荒又有何妨？教职员俱乐部这回看来，不再是又老又暗，也许是自己距离“老家伙”的时间光谱，越来越接近了吧。

说到这“老”字，建于 1902 年、已经走过百年岁月的教职员俱乐部，原来就属伯克利校园里的元老级建筑。这栋最早由梅贝克一手擘画的大宅楼（Great Hall），顺着草莓溪的水流采东西走向，正好采撷收拢绿意苍苍的河岸风光。宅楼用上了深色涂料的粗犷红木，架出陡深的哥特式山形屋脊，承重的大任就交给几根垂直的独立大柱。大柱上端外凸的横梁有着特殊的龙头造型，不经意地透露出梅贝克工艺世家的个人身世。

早期教职员俱乐部仍是男性专属的私密空间，西侧壁炉上方和宅楼四壁高悬的麋鹿角、北美驯鹿头颅……无一不是黩武争胜的雄性标章。南北双向玻璃门窗上方镶嵌的各大名校校徽，从布朗、康奈尔到牛津，由斯坦福、哥伦比亚、哈佛、耶鲁到普林斯顿，更是壮大声势的男性结盟标志。在这处“女性止步”多年的俱乐部大厅里，男士们聚会、抽雪茄、打台球，天南地北的豪情阔论。这里还一度是男性教职员的单身宿舍。

随着成员人数的增多，教职员俱乐部也持续扩充增修。继梅贝克之后接手设计的竟然是他的死对头——霍华德。教职员俱乐部在先后两位专业领域里的劲敌手中，依旧表现出天衣无缝的和谐如一，闻不出一丝互别苗头的硝烟味，也为这栋百年历史的经典之作，留下一段令人玩味的往事。

梅贝克风格的灯具造型。

继梅贝克单向单室的大宅楼之后，在接续的八九位建筑师手中，教职员俱乐部一如它周边日益粗壮奔发的橡树枝条，建筑量体再向东、向前、向后延伸，终于扩展成今日繁盛的规模。为了纪念校园名人，教职员俱乐部里的厅室，几乎都冠以当时重要的男性教授的大名。

随着时代的转进，教职员俱乐部不再只是男性独享的空间，在为女性敞开大门之后，近年来更经营成独树一格的客旅驿栈，不仅接受一般人士的订房住宿、开办餐厅、提供各式宴会场所，也举办婚礼。也许是陈旧的木构建筑不易追逐时尚风潮的饭店装修，住宿费用也相对低廉。如果不介意咿呀咿呀作响的地板和床铺，也尚且能够忍受80年代的卫浴设备，那么这栋一推开窗扉便能遇见蓊郁红木、或橡树或槭树的林间木屋，倒是现代少有的幸福际遇。事实上，教职员俱乐部的订房率出奇的高，尤其要是遇上校园足球季，不仅费用调涨，往往更是一房难求。

也许是教职员俱乐部附带有便利的餐饮服务，校园内外许多演讲、会议、学术讨论，都假此空间举行。即便不在此间举办活动，沿袭传统或老派作风，各大系所从全美或世界各地邀请来的讲演贵宾，在会后也多半都被让进了教职员俱乐部共进晚餐，为他们的伯克利访问之旅，画上完美的句点。

21 世纪多元化经营的教职员俱乐部，仿佛剔除了门坎，为所有人敞开了大门。但若细细体察，特殊的社群网络又仿佛依旧和百年建筑上了深色涂料的红木立柱，以及有着特殊龙头造型的横梁，绵密缠绕纠结。不开灯，不容易看见。

每年 9 月在教职员俱乐部草坪举办的秋季品酒大会，来自纳帕酒国之乡的各家庄园，在围了黄色封锁线的绿茵草地，大阵仗地摆上今年新出的各色葡萄佳酿，等着买了入场券的人们来为家中酒柜添置新酒。手执高脚酒杯的贵客，对着雪白桌巾上列队欢迎的细长酒瓶，逐一品头论足，促销人员笑容可掬的频频为客人倒酒。角落一隅，头顶白色高统帽的厨师，忙着招呼炭火上滋滋作响的烧烤食物。老朋友在交换品酒心得，孩童在草地上追逐嬉闹，好一幅美丽人生的幸福画面。

两个路过的学生因为好奇，在附近驻足徘徊张望，只见身着西装的安全人员，马上趋前提醒："这里是私人派对，闲人勿近。"两个误闯禁区的年轻人，摸摸鼻子识趣的走开了。

如果说租界区是设有门坎，不是一般闲杂人等都能随意参与其中的地方，那么对某些人来说，教职员俱乐部依旧是伯克利校园里的"租界区"。

达尔文 200 岁

你参加过主角不在现场的生日 Party 吗?

这位主角不但从头到尾不曾在 Party 现场露面，像这样为一个不出席盛会的主角而特别举办的生日 Party，在伯克利校园里还多达 3 个，而且为的都是同一个人——200 年前出生的达尔文。

200 年前的 2 月 12 日，也就是 1809 年 2 月 12 日，在这一天出生的世界伟人，除了达尔文之外，还有解放黑奴的美国总统林肯。只不过唯有曾经扭转过科学发展历程的达尔文，受到伯克利校园里的认知科学及生命科学等学院系所的青睐，纷纷为这位不可能再亲临生日 Party 现场的主角，欢欣鼓舞地举办各项庆祝盛会。

有些庆祝活动，早在达尔文生日当天的前一个星期，就已经大张旗鼓地登场了。这一天，伯克利校园里已有百年历史的教职员俱乐部里，有来自人类学、心理学、人格与社会研究学院的教授，分别发表专题演说。

会场里一个个紧挨排列的座椅，塞满了近百个听讲的人。排定的座椅不够用，又临时从别处张罗来各色各样的椅子，把会场挤到只留下必要的走道，结果走道上不久后也站满了同来共襄盛举的人。看来 200 岁高龄的达尔文，依然魅力不减。

一屋子的观众群里，有老有少，有男有女。有洋溢青春的青年学生，有满腹心事的青壮族群，也有老态龙钟的垂垂老者，年龄跨越好几个世代。除了后面几排进进出出忙着到处赶课的在校生，身份不说自明外，其他人好像从各处飘忽而来，突然在此聚首的云朵，尽管不是意外，却纯然是一种偶然，一种巧合。大多数人单枪匹马而来，结伴同行的不多，一时间很难说出观众的各人背景。这场盛会里，达尔文的粉丝很难归类。

站上讲坛的教授，有人讲述达尔文的进化论与人类演化的关联；有人将自己追随达尔文的脚踪，在加拉帕戈斯群岛（Galapagos Islands）上的研究发现，以实物影像带领观众身历其境，一探当年达尔文笔下记录的物种的最新近况。

有些教授虽然只是单纯的阐明自己的研究成果，却总是不忘将自己学术研究的进展，归功于达尔文“物竞天择”理论的启示和贡献。尽管时空相距已经久远，当代的科学研究领域早已超前达尔文的时代，也不论这些研究的引用文献里不会出现达尔文的大名，但演说的人总不忘在言语之间，让今天的主角——达尔文先生一再现身。科学家们以自己的专业成果，为达尔文献上了生日贺礼。

中场休息时间，主办单位端出了达尔文的生日大蛋糕，让在场的所有人士共同分享。

就这样，一百多年的老建筑里，中规中矩地庆祝着一代人物 200 岁的生日。换句话说，也就是在一栋上世纪的老房子里，为一个上上世纪的人物过生日。还好这里虽然尽是学术气息浓厚的讲演，会场里享有发言权的教授们，总是有办法间杂着挥洒几笔生花妙语，引发一阵阵哄堂大笑。

笑声让这场达尔文的生日会增添了生气和喜气，十足的典雅温馨，其乐也融融。只是除了达尔文之外，还有谁能让 200 年后的人类后裔，这样纪念与缅怀呢？

达尔文不同年岁的影像记录。

相较于教职员俱乐部达尔文生日会上的温馨祥和，2月12日达尔文生日当天在村居生命科学馆登场的生日 Party，便显得人气沸腾，热闹滚滚。一开始，便在摆满蛋糕、点心、沙拉和饮料的课室里，轻轻松松地揭开序幕。

这间由会议教室变装的 Party 会场，除了在桌上摆放了各式餐点外，沿着会场周边还用画架支托，展示着达尔文生平事迹的历史图像：与妹妹合影的童年影像，一脸羞涩腼腆的年轻达尔文，刚发表物种起源论述、时年51的青壮之士，71岁银发长须的智慧老人，还有搭载过达尔文进行寰宇奇航的小猎犬号船舱图说，达尔文手绘的枝丫状生命树……几张图片重点捕捉了达尔文的一生，也开宗明义揭示了今天这场盛会的主题。如此一来，

即使寿星本人不能莅临现场，但众人祝贺的生日主角却是再鲜明不过。即使错过了开场的人物介绍，慌慌张张晚来的冒失鬼，也大可看图指认，不必担心自己误闯了地方，误食了陌生人的蛋糕。

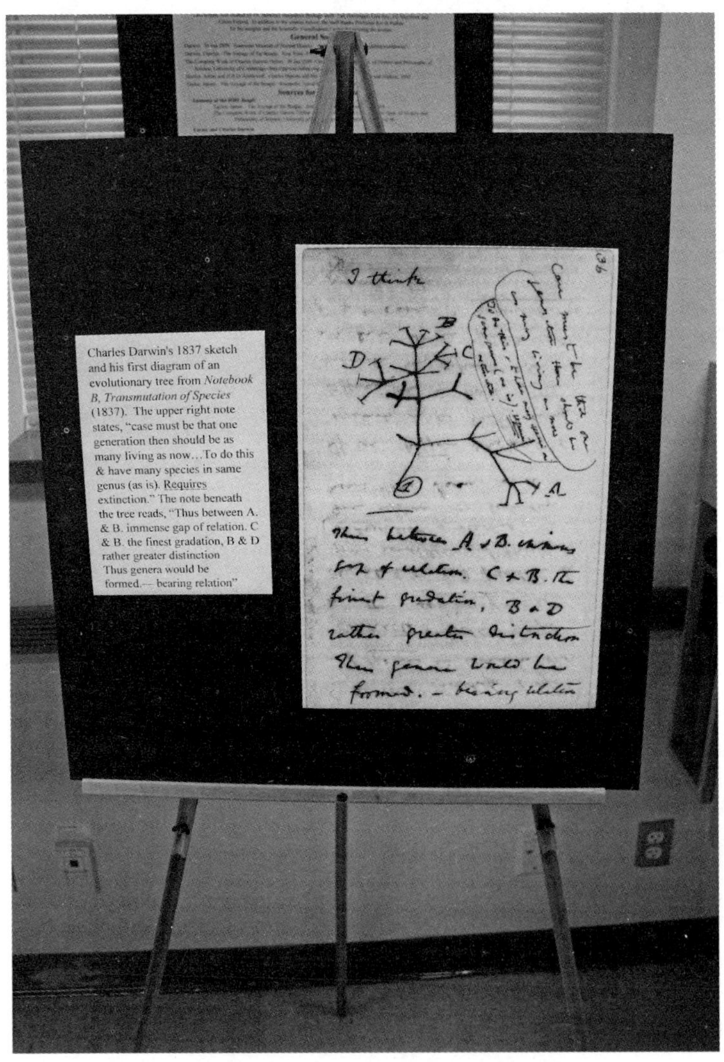

达尔文手绘的枝丫状“生命树”。

村居生命科学馆——生命科学系所的大本营，一个钟头的庆生会里，进出达尔文生日 Party 的人川流不息。吃完蛋糕，由三位教授担纲的纪念讲演，已经在另一个演讲厅预备着接力登场。

这个盛况空前的演讲，要想觅得一席座位，即使准时出席都已经嫌晚。开讲时间未到，160 多个座位的大讲堂已经座无虚席，晚到的人只好见缝插针。人潮先是把两旁的阶梯走道塞爆，失了“坐地”先机的人，只好勉强为双脚挣得一点立足之地，只是整场下来都得紧贴着墙面罚站。

走道两侧失守后，不死心的观众继续往阶梯与阶梯之间的中间过道入侵。担心阻挡了后方视线，人人甘心愿意地化身成“矮萝卜”墩，一个挨一个地往空隙填充，时不时还要扭动身躯再向前方挪动方寸，好让后来的人也能分享会场里仅余的最后地盘。

实在挤不进去了，一双双眼睛就贴着门边张望，能塞几双就算几双。大家都尽己所能的腾挪空间，亲爱精诚的同学爱，大概再没有比这一刻更热切感人。当然，徘徊门外伺机而动，终究只能怅然离开的也大有人在。

等这一切“物竞天择”的座次抢位尘埃落定，会场里放眼望去，前区段视线最佳的座位上，那些好整以暇优雅等待开讲的观众群里，银发族占了大半。也许是年轻人杂务太多，在校园里忙碌追赶穿梭，失了身为东道主的先机。也可能是年轻人太贪恋蛋糕的甜蜜滋味，耽搁了时辰，大意失荆州。当然，更可能是银发族最是经验老道，深谙以逸待劳、守株待兔的人生哲理，于是在这场对外开放的演讲会上，占尽上风，轻松入座。看来在这场抢位竞赛里，年轻未必就是本钱。

“万”头攒动、让人引颈企盼的演说终于正式开锣。进化古生物学家利普斯（Jere H. Lipps）教授，将达尔文在小猎犬号上的所见所闻娓娓道来。这位曾经依循达尔文的步履，走访过南美洲的现代科学家，足迹踏遍福克兰群岛、巴塔哥尼亚岛（Patagonia）、加拉帕戈斯群岛、大溪地、莫瑞岛（Moorea）、新西兰和澳洲。搭乘小猎犬号出航 4 年 9 个月，在广为人知的

加拉帕戈斯群岛上，其实只呆了 17 天的达尔文，一生著作 17 本（另有一说 19 本）。利普斯教授不禁自嘲地说，他在加拉帕戈斯群岛上研究了大半年，比达尔文呆的时间还久，可是连一本书也没写出来。他歆羡达尔文有足够的时间从事写作，也同情现代人杂务太多。他鼓励在场的年轻人，忘掉课堂上的要求，学达尔文一样到“旷野”去寻找真知灼见。

接着上场的苔藓植物学家米什勒（Brent Mishler）教授，将达尔文的进化论和现代合成（Modern Synthesis）理论之间的差异，作了一番比较和论述，带领听众从另一个角度，深度了解达尔文的物种起源说对近代科学发展的深远影响。在走过许多迷途歧路之后，米什勒教授意味深长地说，现代科学家更有十足的理由，再回头重新审视达尔文的最初观点。

最后压轴的脊椎动物演化生物学家帕迪恩（Kevin Padian）教授，针对百年来世道口耳流传中，有关达尔文的生平事迹和学说理论所遭到的误解和抹黑，列举了十大谜团，并且一一加以破解。

比方说，传闻中达尔文物种起源说的灵感得自于沃勒斯（Alfred Wallace），达尔文恐有掠人之美的嫌疑，也因而种下了达尔文和沃勒斯之间长年的心结？帕迪恩教授义正辞严地驳斥这项流言。他说，这是科学界早已正本清源的公案，并直指达尔文正是物种起源说的开山鼻祖。

曾经是西方近世纪的争议人物，达尔文的蜚短流长，在现代杰出的演化生物学家帕迪恩教授的平反下，再次扫去了百年尘埃，擦亮昭昭如雪的清白，让一轮科学明镜更加光鉴照人。

演讲会后的开放问答，拔得头筹抢先发问的，又是前排的银发族。不道长短，不说细枝末节，提的是学术讨论层次的大哉问。这群与会的白发皤皤之士，可不是来凑热闹的泛泛之辈。

虽然预定的散场时间已到，但讨论和请益的热烈气氛意犹未尽。主办单位早已料到这样的盛况，除了在会场前方准备了达尔文的信件手稿供人流连欣赏外，主持人也趁势宣布还有另外一场达尔文的生日 Party，就在生命

科学馆对面的魏曼馆（Wellman Hall）接续登场，并邀大家一同前去为达尔文举杯欢庆。

于是一伙人便又浩浩荡荡前往绿荫草地对岸的昆虫系馆去续摊，继续为这场 200 年才一次、沸点持续升高，一时间仍无法落幕的生日 Party，谱写另一段欢宴高潮。

座落在美丽的红瓦白墙、有着圆形肚腹建筑的魏曼馆里的昆虫系，除了豪气干云地担当起校园里达尔文 200 岁生日压轴派对的东道主外，平时默默藏身圆形肚腹里的昆虫博物馆（Essig Museum of Entomology），这一天也敞开大门，让多年来精心搜藏的昆虫标本一一粉墨登场，纷纷加入为达尔文庆生的行列。

只是这些曾经飞舞于天地间的小精灵，何需粉墨才能登场呢？看那一身晶亮华服，泛发着你我从来不曾穿上身的绚丽色彩。你也许不容易从它们身上轻易体悟达尔文的进化主张，却先看见了造物者那只神妙的手。

除了伯克利大学校园为 200 岁的达尔文热闹庆生外，全球各地的庆祝活动无不同步登场。如果数算一下达尔文日庆生网站（Darwin Day Celebration）上登录的资料，从世界各地庆祝活动的场次，不难一窥达尔文全球粉丝回响的热度。举几个代表性的地区来看：

达尔文的出生地——英国，有 31 场。欧洲的法国有 1 场，德国 5 场，意大利 22 场，西班牙 32 场。

达尔文的海上航程行经的区域：南非 1 场，阿根廷 2 场，巴西 11 场，墨西哥 13 场，澳洲 22 场。

达尔文不曾登陆的地区：亚洲的中国大陆有 1 场，香港一场，新加坡 1 场，印度 9 场。相较之下，北美洲的达尔文粉丝便显得格外热情，加拿大有 43 场，而美国更高达 452 场。

达尔文身后的 200 年，人类经历了无数个历史性发展的大转折，也依然延续着优势地球物种的荣冠。面对眼前“气候变迁，地球暖化”的全球性

危机，比起达尔文时代又多了200年演化历程的人种，是否也演绎出了更多具有真知灼见的精英族群来化解危机？

“适者生存，不适者淘汰”，看来人类也不能置身于自然法则之外。但只要能通过达尔文“物竞天择”定律的考验，成功进化的人类后裔，每一个岁岁年年，都有机会说一声：达尔文先生，生日快乐！

人外有人？

在伯克利阵容庞大的天文学研究教学领域，天文学 C12 像浩瀚星海里一枚小小的发光体，虽然小，却晶亮迷人，那晶亮也为入门者举起了一把探看宇宙的灯。

透过太阳望远镜，用肉眼直视地球的生命之光——太阳，是天文学 C12 课程要让学生亲身体验的天文现象。镜头里的火球，像一颗圆满的艳红色蛋黄，只是在圆球的左下角还多了两个凸出的小红点，在天文学里，这叫“太阳日珥”（Solar Prominence）。

教授说，太阳日珥并不是每天都能从地球上看见。

原来想像中圆圆满满的太阳表面，经常有逸出艳红火焰的时候。如果进一步探究，其实太阳表层就像正在沸腾的水面，水面上一个个紧紧相挨的对流胞，颗粒状组织便在对流胞之间游移，高温时上升，冷却后下降，火热的太阳借此达到热能平衡。这种现象，教授言简意赅地说：“就像日本的味噌汤。”

用日本味噌汤来形容太阳表层活动，的确既生活化又生动鲜明。但不知日本的太阳旗和味噌汤也有关联吗？

我们居住的地球所属的太阳系，是由八颗行星（原来的第九颗行星——

冥王星已遭剔除）绕着一颗恒星运转，这样的多行星恒星系统，在人类揭晓的天文学知识里，多年来都由我们所熟知的太阳系独领风骚。

一直到 1999 年，天文学家发现和太阳极为相似的 Upsilon Andromedae 星（位于仙女座内），身旁有三颗直绕着它打转的行星，这才打破了地球－太阳系独享多年的天文纪录。原来太阳系外还有太阳系，让人类在浩瀚无垠的懵懂宇宙间，又拾起了一粒小沙。

发现三行星绕行 Upsilon Andromedae 星的两位天文学家，其中一位便是伯克利大学天文学 C12 课程的授课教授马西（Geoffrey Marcy）。

根据马西教授的描述，Upsilon Andromedae 星系三颗行星的结构大小，若与木星作一模拟，那么距离 Upsilon Andromedae 星最近的行星，其质量约为木星的 0.6 倍，绕行轨道一圈只需 4.6 天。中间的那颗行星，大小约为木星的 2 倍，环绕恒星一圈，需时 242 天。最外围的行星，至少有木星的 4 倍大，需要三年半到四年的时间，才能完成运转轨道一圈的周期。

马西博士的这项天文发现宣布后，各方关怀、好奇、鼓励和询问的信件，如雪片般飞来（当时电邮尚未风行）。其中最让他印象深刻的，是来自爱荷华州一位小学六年级女孩的来信，她热切地希望能帮玛西博士为这三颗太阳系外行星命名。

依照小女孩的建议，最大的那颗行星是木星（Jupiter，朱庇特）的 4（Four）倍大，就叫它“福庇特”（Fupiter）；第二颗行星是木星的 2（Two）倍，那非“秃庇特”（Tupiter）莫属；至于最小的那颗行星，在比例大小凑不足整数的情况下，也没难倒小女孩，她说，就叫它“小不点”（Dinky）吧。

另外，还有一位退休的大学数学系教授的来函，也让马西教授记忆犹新。信件的内容是这样开头的：“本人谨以曾经身为大学数学系教授的荣誉，向阁下您保证——”，这样的开场白，着实令人好奇他的下文，“距离 Upsilon Andromedae 星最近的行星上，绝对不可能存在具有智慧的生物。”

数学系的退休教授预备加入星球生物起源的论战？委实启人疑窦。他接着说："因为有智慧的生物，不可能笨到选择住在每过4.6天就得缴一次税的星球。"

因为创世以来的天文发现，马西和另一位天文学家共同分享了100万美金的奖励。浩瀚宇宙星辰多不胜数，谁说当个天文学家不能意外致富呢。

多年来天文学家努力寻找太阳系外行星（简称系外行星），自1996年马西博士和他的研究伙伴发现Upsilon Andromedae星系的三颗行星以来，近十几年来人类登录的系外行星的个数快速累积，截至2010年10月，已多达494颗，而且时刻都有进展，累计的个数也随时都在更新与变动中。

马西教授（左）指导学生观察"太阳日珥"的天文现象。

到目前为止，人类发现系外行星的记录，仍由马西教授领先群伦。在登录的400多颗系外行星中，大约有300多颗是由马西教授带领的团队所发现。只不过这里所说的发现，都只是理论上的论证，天文学家有十足的证据知道那颗行星就在那里，只是从来不曾亲眼目睹过真实影像。

一直到2008年11月13日，任教于伯克利大学的卡拉斯教授（Paul Kalas）用哈伯望远镜拍摄到的系外行星 Fomalhaut b 的影像在《科学》（*Science*）杂志发表后，人类探索宇宙太空的进程，才又向前迈进了一大步，只是距离上一回（1846年9月23日）人类看见行星——海王星，已经过了162个年头。

要想看见行星，其实并不容易，尤其当小行星正好依偎在耀眼的太阳身边。“这就像在灯塔的探照灯旁，装了一只小灯泡，”马西教授比喻着说，“只有当探照灯熄灭，小灯泡的光才显现得出来。”这时候，行星也才能为人所见。

简单地说，年轻的卡拉斯教授便是用遮掉“探照灯”、遮掉“太阳”的方法，一路探测追踪 Fomalhaut b。天文学 C12 的来宾讲员——卡拉斯教授用生动热情的语调，娓娓陈述这个在发现当时几乎让他得了心脏病的天文研究过程。

“跟着宇宙尘埃走。”这是卡拉斯发掘 Fomalhaut b 的秘诀之二。此外，甚至连南美洲的大蟒蛇都给了他灵感。就如同南美洲的天气越热，当地蟒蛇的身量尺寸就越大一样，当宇宙尘埃的温度越高，其密度也越大，而在附近出现行星的几率也相对越高。

卡拉斯就是利用这些线索，一步步抽丝剥茧，让这颗已由卡拉斯的同事算计出来的系外行星，在人类的目光之前“现形”。

说来有趣，《圣经》的创世记里有一条蛇，因为引诱人类先祖偷吃禁果进而追逐知识，因此大大的有名。谁能料到，耶稣诞生后的2000多年，居然又出现了一条蛇，来指引人类发现宇宙外行星。这样说来，蛇，从来就

在扮演诱发人类追索知识的角色？从创世记到 21 世纪，始终如一。

伯克利阵容庞大的天文学系，开设了各式教学与研讨的课程与主题，但无论是致力于研究宇宙暗能量的教授，抑或是努力追查系外行星的天文学家，在课堂的结尾，他们总是在问："宇宙间地球以外的生物在哪里？"

2009 年 5 月 12 日，马西教授参与协助的开普勒号（Kepler）宇宙飞船正式发射升空。开普勒号这回的太空任务，是要在适合生物生存的银河带，寻找和地球大小相近的星球。先找到和地球相近似的行星，也许便能在其上发现生命的迹象——这是开普勒号所打的如意算盘。人类在宇宙银河追查其他生物的脚步，越走越快。

《圣经》里的创世记，从生命的创造开始说起。21 世纪，科学家正努力寻找地球以外的创世记。